KB005812

빌리

옮긴이 · 정미애

이화여자대학교에서 불어교육과를 졸업하고 벨기에 루뱅 대학교에서 불문학 석사와 한국외국어대학 통번역대학원에서 석사학위를 받았다. 현재는 청평의 호명산 자락에서 프랑스 책을 한국어로 옮기는 작업을 하며 살고 있다. 옮긴 책으로는 『양귀비꽃 여인』, 『누가 랭보를 훔쳤는가』, 『그해 겨울엔 눈이 내렸네』, 『세잔을 위한 진혼곡』, 『치유』, 『마지막 수업』, 『스크래치』, 『냉장고를 수입하는 여자』, 『사랑을 여행하는 시간』, 『내 마음의 집』 등이 있다

그린이 · 황중환

카투니스트. 조선대학교 미술대학 교수. 『마법의 순간』, 『지금 꿈꾸라 사랑하라』 등 20여 권의 책을 쓰고 그렸으며, 중학교 국어 교과서에 19편의 카툰이 실려 있다. 중국 《웨이보》에 카툰 '행복 발전소'를 연재 중이다.

빌리
안나 가발다 소설

초판 1쇄 발행일 2014년 7월 1일

옮긴이 · 정미애
펴낸이 · 김종해
펴낸곳 · 문학세계사
주소 · 서울시 마포구 신수로 59-1 (121-110)
대표전화 · 702-1800, 팩시밀리 · 702-0084
이메일 · mail@msp21.co.kr www.msp21.co.kr
출판등록 · 제21-108호(1979.5.16)
값 12,000원
ISBN 978-89-7075-585-4 03860
ⓒ문학세계사, 2014

빌리

아웃사이더들을 위하여!

안나 가발다 신작 소설

문학세계사

Billie

by

Anna Gavalda

Copyright ⓒ le dilletante, 2013
Korean translations copyrights ⓒ Munhak Segye-Sa, 2014 All rights reserved.
This edition published by arrangement with le dilletante through Shinwon Agency Co.

운명에 굴복하지 않는,
진정한 용기를 가진 모든 이들에게

한국의 독자 여러분, 한국에서의 『빌리』 출간에 맞춰 이렇게 여러분께 인사를 드리게 되어 무척 반갑습니다.

소설 『빌리』는 불행한 어린 시절을 보내야 했던 열다섯 살 소년과 소녀의 만남과 그들이 나눈 깊은 우정과 사랑을 이야기하고 있습니다.

사내답지 못하고 심약하다며 부모로부터 외면당한 프랭크, 가족들로부터 배울 점이라고는 눈꼽만큼도 찾아볼 수 없는 빌리. 그들은 물질적인 가난뿐만 아니라 타인에 대한 인간적인 배려라고는 전혀 없는 메마른 환경 속에서 외롭게 견디며 살아야 했습니다.

이렇듯 가족은 물론 그 누구도 거들떠보지 않던 그 둘은 우연히 만나 조금씩 마음의 문을 열게 되고, 마침내 처음으로 누군가로부터 관심과 사랑을 받는 것이 얼마나 소중한지를 깨닫습니다.

그것이 힘이 되어 그동안의 두려움을 극복하고, 어둡고 황폐한 유년기에서 벗어나 좀 더 나은 삶을 꿈꿀 수 있게 됩니다.

이 책을 쓰면서 저는 남녀 간의 우정도 얼마든지 사랑만큼 아름답고 열정적이며 '치유'의 역할을 다할 수 있다는 것을 증명해 보이고 싶었습니다. 소외된 이들에게 그들만의 생각과 말을 외칠 수 있는 무대를 만들어 주고 싶었습니다.

섬세한 감수성과 타인에 대한 연민 외에 딱히 내세울 게 없는, 세상으로부터 외면당한 아웃사이더들의 이야기를 들려 드리고 싶었습니다.

타인의 아픔을 공감할 줄 아는 이들의 따뜻한 마음과 서로 간의 연대가 얼마나 가치 있는지를 말하고 싶었습니다.

소설 『빌리』는 주어진 운명에 굴복하지 않고, 스스로의 힘으로 자기 삶의 주인이 되고자 투쟁하는 이들에게 바치는 노래입

니다.

　오직 저 깊은 곳에서 우러나오는 내면의 소리에만 진솔하게
귀 기울이며 살아가는 용기 있는 이들에게 바치는 한 편의 시입
니다.

2014년 6월

안나 가발다

☆

우리는 서로를 쏘아보았다. 그는 그대로 이렇게 된 게 다 내 탓이라고 여기겠지만, 난 나대로 아무리 그렇다고 그런 눈으로 쳐다볼 것까진 없다고 생각했다. 물론 지금까지 내가 어리석은 짓을 수없이 저지른 건 맞다. 하지만 그때마다 자기도 재미있어 하지 않았는가. 그런데 이번 일은 끝이 순탄치 않을 것 같다고 나만 비난하는 건 좀 치사하지 않은가.

쳇, 난들 뭐 처음부터 이렇게 될 줄 알았나?

눈물이 났다.

"어, 뭐야? 너 지금 후회하고 있는 거야?"

그가 두 눈을 질끈 감으며 계속 중얼거렸다.

"아냐…… 내가 바보지……. 후회는 무슨……."

그는 너무 지쳐 있었기 때문에 나를 끝까지 몰아붙일 힘조차 없었다. 그래 봤자 소용도 없었고. 적어도 그건 우리 둘 다 잘 알고 있는 사실이었다. 내 사전에 '후회' 같은 어려운 말은 없다.

우리는 세벤느 국립공원의 산 속 어딘가에서 발을 헛디디는 바람에 절벽과 절벽 사이 낭떠러지에 굴러떨어져 있었다. 양치기는커녕 양 꼬랑지조차 찾아볼 수 없는 외진 곳이었다. 휴대전화가 불통인 건 말할 것도 없고, 설사 이대로 실종된다 해도 수색대가 여기까지 올 수 있을지 의심이 되는 그런 곳이었다. 다행히 나는 한쪽 팔만 살짝 다쳤지만, 그는 꼼짝도 못할 정도로 온몸이 으스러진 것 같았다.

그가 용감하다는 건 익히 알고 있었지만, 이번엔 정말 감탄하지 않을 수 없었다. 아니, 그는 늘 나를 감동시켰다.

그는 땅바닥에 널브러져 있었다. 나는 신발을 벗어 그의 머리 밑에 받쳐 주려고 머리 쪽을 들어 올렸다. 순간 그가 거의 실신 상태라는 사실을 깨달았다. 곧바로 조심스레 머리를 땅에 내려놓고는 더는 손대지 않았다. 정신이 혼미한 상태까지 간 그의 모습을 보는 건 처음이었다. 척추 쪽이 바위에 부딪힌 것 같았다. 평생 누워 지내게 될지도 모른다는 생각이 들었는지 그가 몹시 괴로워했다. 이내 자기를 버리고 가든지, 아니면 한 방에 죽여 달라고 애원했다.

좋아, 좋다고. 어쨌든 지금은 그를 한 방에 보낼 총도 없으니, 일단은 병원 놀이를 해보는 수밖에. 그런데, 어쩐다! 어디서부터 손을 대야 하는 거지? 당황스러웠다. 우리가 어른들 몰래 숨어서 의사 놀이를 할 만한 철부지 시절에 만났다면 우리 둘 다 병원 대기실에서 얌전히 차례나 기다리고 있진 않았을 거라고 말하자 그가 피식 웃었다. 그래, 바로 그거야. 내가 어디를 가든, 그곳이 지옥이든, 천국이든, 꼭 가져가고 싶은 건 지금 그가 지어 보인 미소였다. 비록 억지로 끄집어 낸 미소라고 해도.

나머지는 하나도 중요하지 않아. 그딴 것은 방구석에나 처박아 두라지……

나는 조금씩 힘을 줘 가며 그의 몸 구석구석을 꼬집기 시작했다. 그때마다 그가 얼굴을 찡그렸다. 다행이었다. 그건 뇌가 여전히 꿈틀댄다는 뜻이고, 그가 염라대왕 앞에 불려갈 때까지 내가 휠체어를 밀어 주지 않아도 된다는 뜻이니까.

"좋아. 여긴 괜찮은 거 같은데……. 끙끙대는 걸 보니 아무 문제없어 보이고……. 안 그래? 이쪽 다리하고 엉덩이, 그리고 골반 쪽 뼈가 어떻게 된 거 같아. 여기 말이야……."

"음……."

그가 내 말에 수긍하는 것 같지는 않았다. 흰 가운도 입지 않고, 목에 청진기도 걸치지 않아서 못 믿겠다는 건가. 그는 눈살을 찌푸리더니, 아까부터 물고 있던 풍선껌을 질겅거리며 하늘을 올려다보았다.

그건 내가 너무도 잘 아는 표정이었다. 하긴 그의 표정들 중 내가 모르는 게 있을까. 어쨌든 지금 그의 표정은 뭔가를 바라는 것이었다.

설마! 그거? 빌어먹을…….

"마, 말도 안 돼. 프랭크, 세상에! 지금 내가 잘못 안 건 아니지? 정말, 거길 만져 달라는 건 아니겠지……."

"……."

"그런 거야?"

그는 어떻게든 다 죽어가는 사람처럼 보이려고 발버둥쳤다. 예의 차원에서 내가 거길 건드리지 않고 머뭇거린 건 아니었다. 그럴 필요까지 없다고 생각했던 것일 뿐. 하지만 상황이 급박한데 성적 취향이 다르다는 이유만으로 그를 그대로 내버려 둘 순 없었다.

"젠장! 내가 못 해주겠다는 건 아니야, 잘 알잖아. 너도……."

순간, 영화 〈뜨거운 것이 좋아〉* 마지막 장면의 잭 레먼을 떠

---

* 〈Some like it hot〉, 1959. 일자리가 없는 두 남자 주인공이 여자들만의 밴드에 여장을 해 합류하면서 벌어지는 해프닝을 그린 영화.

올리지 않을 수 없었다. 나도 그처럼 할 말을 잃고 있었다. 날 좀 가만히 내버려 둬. 내가 할 수 있는 말들 중에서 제일 결정적인 한 마디를 찾아내야 했다.

"프랭크……, 나도 여자란 말이야!"

그게 말이야……, 음……, 만일 내가 우정이란 주제에 대해 꽤 진지한 세미나를 하는 중이었다면, 회의용 테이블 위에 작은 생수병들을 죽 늘어놓고, 도표나 슬라이드까지 보여 주면서 우정이란 게 뭔지, 어떤 재질로 만들어지고, 어디에서 생겨났는지 열변을 토했을 것이다. 그리고 위조품 식별법에 대해 토론 중이었다면, 마우스를 클릭해 자료 화면을 정지해 보여 주면서 그에게 반박했을 테고.

그런데 죽을지 살지 알 수 없고, 설령 산다고 한들 더 이상 섹스는 못하게 될 것 같은 그가 애써 웃으며 영화 속 오즈굿*처럼 이렇게 중얼거리는 것이었다.

"글쎄……. 완벽한 인간은 없는 거니까 ……."**

이 영화를 보지 못한 사람들은 어쩔 수 없다. 가여운 게이와의 진정한 우정을 절대 알지 못하겠지만.

그런데 지금은 영화의 한 장면이 아니라, 그와 나와의 문제였

* 영화 〈뜨거운 것이 좋아〉에 등장하는 백만장자.
** 제리가 "나는 남자라고요!" 하면서 사실을 밝힐 때 오즈굿이 철학자라도 된 듯 "완벽한 인간은 아무도 없어"라고 대답한 것을 빗대 표현한 말.

다. 조금 전 낭떠러지에서 굴러 떨어지는 끔찍한 상황에서도 서로를 붙들고 끝까지 놓지 않은 우리가 아닌가. 나는 겨우 움직일 수 있는 팔을 뻗어 그의 아랫배 언저리에 기꺼이 갖다 댔다.

내 손가락 끝이 빠르게 그곳을 스치고 지나갔다.

"됐어!" 잠시 후 그가 투덜거렸다. "어이, 내가 뭐 대단한 걸 요구한 게 아니잖아. 그냥 손 한 번 대 달라는 건데……."

"그게 선뜻……."

그는 푸념하듯 깊이 숨을 내쉬었다.

나는 그가 왜 어이없어 하는지 알았다. 이보다 훨씬 곤혹스런 일도 셀 수 없이 함께 겪은 우리였다.

물론 그때는 내가 방탕한 생활과 고개를 들 수 없을 정도의 부끄러운 사건들을 일으키며 그를 뒤흔들어 놓던 시절이긴 하다. 그러니 수줍은 듯 주춤거리는 나의 태도를 이해할 수 없어 하는 건 너무 당연한 일이다.

그런데 결코 위선은 아니었다. 절대로!

정숙한 여자처럼 굴려는 것도 아니었다. 정말로 용기가 나지 않았던 것 뿐이다.

왜 용기를 내지 못했는지, 우리 둘 사이에 터부 같은 어떤 것이 있었는지, 나 역시 알 수 없었다. 불안하고 어정쩡하게 손을 허공에 든 상태로, 순간 나는 나의 복잡한 성생활과 그의 페니스 사이에는 별도의 세계가 존재한다는 사실을 깨달았다. 다른 남자 거라면 얼마든지 주무를 수 있었다. 그런데 그의 것만은 그럴 수 없었다.

내가 그를 오래전부터 많이 좋아하고 있는 건 분명하지만, 얼마나 그를 존중하는지는 알아볼 기회가 없었다. 그런데 그 해답이 몇 밀리미터밖에 안 떨어진 극히 짧은 거리에 있었던 것이다.

나의 수줍은 순수함의 시점에서 바라보면 무한의 거리였다. 아니, 우리의 순수함에서는.

물론 내가 이 멍청한 부끄러움에 오래 빠져 있지 않을 거라는 건 잘 알고 있었지만, 나 자신이 그렇게 진지할 수 있다는 점이 당황스럽고 겁이 날 정도였다. 왜 이렇게 수줍고, 두렵고, 숫처녀가 된 기분이 드는지! 성스러운 기운마저 느껴졌다.

자, 좋다구. 그런데 이제 수다는 그만! 할 일이 태산 같으니.

나는 잔뜩 움츠리고 있는 프랭크의 몸을 풀어 주려고 노래를 흥얼거렸다. 그러면서 그의 배꼽 주위를 피아노를 치듯 톡톡 건드렸다.

"간질, 간질, 꼬리를 쳐들고 빨리 도망쳐!"

별 반응이 없었다. 잠시 후 나는 그의 곁에 누워서 두 눈을 감고는 그의 한쪽 귀에 입술을 슬그머니 갖다 댔다. 이어 정신을 집중하고는 낮은 목소리로 속삭였다. 그의 귓가에 침방울을 터트리면서 들릴 듯 말 듯 나지막한 목소리로 신음 소리를 냈다. 꼭꼭 갇혀 있을 그의 판타즘을 상상하면서 손끝으로 길게 바지의 U자 모양 지퍼를 따라 그곳을 쓰다듬었다.

순간, 그의 귓속 솜털이 쭈뼛 일어섰다. 체면은 겨우 건진 셈이었다. 그는 투덜거리다 슬며시 미소 지었다. 이어 밝게 웃으며 내게 바보라고 했다. 그만하라고, 이제 됐다고, 내가 정말 바보 같다고, 그만 멈추라고, 진짜 내가 밉다고 했다. 그러다 마지막엔 날 진짜 좋아한다고 말했다.

하지만 이것도 모두 다 한참 전의 일이다. 그에게 어떻게든 말을 할 힘이 남아 있고, 그의 곁에서 눈물을 흘리게 될 일이 내게 일어나지 않을 거라고 굳게 믿고 있던 때의 일이었다.

지금은 캄캄한 밤이다. 춥고 배도 고프다. 목도 말라 죽을 지경이다. 게다가 고통스러워하는 그의 모습을 보고 싶지 않았기에 나는 그대로 무너졌다. 내가 조금만 솔직했다면, "다 나 때문이야."라고 고백했을 텐데.

그런데 나는 솔직하지 못하다.

　나는 바위에 기댄 채 그 옆에 앉아 서서히 시들어 가고 있었다. 그러면서 후회의 꽃잎을 한 잎 한 잎 떼어 내기 시작했다. 그는 남아 있는 기력을 쥐어 짜내어 팔을 들어 보였다. 이어 천천히 손을 내 무릎 쪽으로 갖다 대고는 손가락을 꼼지락거렸다. 나는 곧바로 내 손을 그의 손가락 위에 얹었다. 그런 그의 행동이 날 더 약하게 만들었다.

　예전부터 나는 그가 내 감정에 호소하는 걸 별로 좋아하지 않았다. 그건 비겁한 일이었다.

　잠시 후, 내가 물었다.

　"이게 무슨 소리야?"

　"……."

　"늑대 아니야? 이 근방에 늑대 있어?"

　그는 아무 대답이 없었다. 나는 놀라 소리를 질렀다.

　"대답 좀 해봐. 젠장! 아무 말이라도 해. '그래' 라든가, '아니' 라든가 뭐든지 말해 봐. 내가 돼지라고 해도 좋아, 제발 날 혼자 내버려 두지는 마……. 싫어……. 제발……."

　그에게 한 말이 아니었다. 내게 한 말이었다. 나의 바보 같은 짓거리와 부끄러움, 그리고 상상력의 부족을 비난하며 던진 말이었다. 그는 한 번도 날 버린 적이 없었다. 그가 입을 다문 건 의식을 잃었기 때문이었다.

☆

정말 오랜 만에 그의 얼굴이 편안해 보였다. 어떤 비난의 표정도 찾아볼 수 없었다. 고통이 사라진 그의 얼굴을 보니 다시 기운이 났다. 어찌 됐든 여기서 빠져나갈 방법을 찾아야 했다. 로제르 산을 배경으로 벌어지는 〈인투 더 와일드〉* 축소판을 촬영하려고 여기까지 온 건 아니니.

젠장, 그건 아니지. 그야말로 부끄러운 일이지……

조금 전의 이상한 소리는 늑대가 아니라 부엉이 울음소리였다. 뼈가 좀 다쳤다고 설마 죽는 건 아니겠지. 열도 없고, 피를 흘린 것도 아니었다. 높은 곳에서 굴러떨어지긴 했지만 목숨이

* 〈In to the wild〉, 숀펜 감독의 2007년 영화. 외부와 단절된 삶을 추구하던 주인공은 죽음을 앞두고 "나누고, 공유할 때 삶은 더 가치 있고 풍요로워진다."는 사실을 깨닫는다.

위험할 것 같진 않았다. 지금 내가 할 수 있는 건 잠을 좀 자 두는 거다. 힘을 비축해 두었다가 내일 새벽, 이 빌어먹을 산이 내 눈에 꾸역꾸역 들어오면 여길 떠나야지. 이 거지 같고 지긋지긋한 산에서 벗어나야지. 그리고는 이 끔찍한 협곡에 헬리콥터를 꽃잎처럼 사뿐히 내려앉게 해야지.

자, 그만하면 됐어. 여성 시인의 싸구려 감상 같은 건 골짜기에 내팽개치자. 죽도록 스트레스 받는 당나귀들을 끌고 아무 생각 없이 콧노래를 흥얼거리며 떠나는 가족 트레킹 따위는 더 이상 참아 주지 못하겠다고!

프랭크, 내 말 듣고 있어? 내가 뭐라고 했는지 알아들었어? 내가 살아 있는 한 널 절대로 이런 촌구석에서 죽게 내버려 두진 않을 거야. 절대 그런 일은 없다구. 차라리 내가 먼저 죽어 버리고 말지.

나는 자리에 누워 혼자 중얼대다 다시 일어났다. 침낭 밑에 박혀 있는 돌멩이 때문에 등이 따끔거렸다. 빌어먹을 돌멩이를 치워 내고는 침낭을 다시 정리했다. 이어 모로 누워 기도하듯 프랭크의 옆구리에 바싹 달라붙었다.

잠이 오지 않는다…….

머릿속에 살고 있는 꼬마 악당들이 마약을 과다 복용 하셨나.

머리 위엔 테크노 비트가 리믹스된 놀웬 르로이*의 음악이 펼쳐지고 있었다. 젠장, 지옥이 따로 없군.

너무 깊이 몰두했는지 내가 도대체 무슨 생각을 하고 있는 건지 모를 정도였다. 게다가 아무리 그를 끌어안아도 좀처럼 추위가 가시지 않았다. 몸이 조금씩 얼어붙고 있었다. 내 머릿속에 자리잡은 성격이 더러운 DJ가 그나마 내게 남은 무모함의 신경 세 가닥을 끊어 버렸다. 그러자 눈물 한 방울이 그 틈을 생쥐처럼 비집고 빠져나와 뚝 하고 떨어졌다.

아, 젠장, 내가 왜 이러지. 수준이 엉망인걸.

눈물을 털어 내려고 고개를 뒤로 젖혔다. 그런데, 바로 그곳에…… 와우…….

내 두 눈에 그야말로 별들의 현란한 춤사위가 펼쳐지고 있는 것이었다. 플릭 댄스**! 반짝반짝! 별들이 하나씩 차례로 켜지기 시작하는 것이었다. 젠장, 어쩜 저럴 수가!

별들이 수상할 정도로 빛났다. 마치 이제 막 포장을 뜯은 발광 다이오드(LED) 같았다. 누군가 변압기를 최대로 올려놓은

* 1백20만 장 이상의 음반이 판매된 켈틱 음악을 주로 하는 프랑스 인기 여가수.
** 댄스 용어로, 체중을 싣고 있는 발의 후방 또는 전방으로 다른 쪽 발의 무릎과 그 아래 부위를 날렵하게 흔들어 움직이는 동작을 말한다.

것처럼.

한 마디로…… 황홀했다!

순간, 나는 더 이상 혼자가 아니었다. 프랭크 쪽으로 몸을 돌려 그의 어깨에 얼굴을 묻고 훌쩍거리기 시작했다.

'어이, 꼬마 부랑아! 품위 좀 지키지 그래. 위대한 신께서 현란한 공연을 선보이고 있는데 그대로 주저앉아 있을 거야?'

하늘에도 은하수 해일이 이는 건 아닐까. 해변에 몰아치는 파도처럼. 아니면 내게만 허락된 걸까. 도도하게 흘러가는 은하수인가? 은방울 요정들이 내게 에너지를 재충전하라고 내 머리 위로 현란한 황금빛 가루를 뿌려 주는 건 아닐까?

별빛이 비오듯 쏟아져 내리며 어둡고 차가운 산속의 밤을 따뜻하게 덥혀 주었다. 캄캄한 밤중에 별빛 일광욕을 하는 것만 같았다. 세상이 물구나무를 선 듯했고, 나는 더 이상 내 불행을 한탄만 하고 있을 수 없었다. 나는 환히 밝힌 무대 위에 우뚝 서 있었다…….

그렇다. 나는 자리에 누운 채 아주 깊은 우물 속으로 빨려 들어가듯 밤하늘을 올려다보았다.

나는 지구라는 거대한 콘서트홀에 서 있었다. 천장이 활짝 열

린 홀 안에서는 아름다운 음악이 연주되고 있었고, 천사들은 나를 향해 수십만 개의 양초를 켜 놓았다. 그러니 이에 어울리게 행동해야 했다. 불행한 운명 탓만 하면서 훌쩍거리고 있을 순 없었다. 프랭크도 내가 이 모든 것을 만끽하기를 바랄 테니까.

그도 나처럼 작은 국자 모양의 북두칠성을 알아보지는 못하겠지만 눈앞에 펼쳐지는 아름다운 별들의 춤사위를 바라본다면 분명 행복해했을 것이다. 얼마나 기뻐했을까……. 우리 둘 중에 진정한 예술가는 바로 프랭크였으니까. 악취가 진동하는 쓰레기 더미에서 우리가 헤어 나올 수 있었던 것도 모두 그의 무한한 감성 덕분이었다. 오늘밤은 우주가 그를 위해 멋진 연미복을 차려입고 나왔던 것이다.

그에게 고마움을 표하기 위해.
그에게 경의를 표하기 위해.
그에게 이렇게 말하기 위해.
꼬마야, 우린 널 아주 잘 알고 있단다…….

그럼, 그럼, 널 알고 말고……. 오래 전부터 너를 지켜봤단다. 네가 아름다움을 사랑한다는 걸 알아봤지. 너는 늘 세상의 아름다움을 찾아다니고, 아름다움을 숭배하고 창조해 왔지. 그래. 이 거울에 네 모습을 비춰 보렴. 네가 느꼈던 고통들을 바라보렴. 드디어 오늘 저녁은 네가 보상을 받는구나. 그런데 네 옆에 있는 여자 친구 좀 보렴. 너무 천박하잖니. 아무 곳에나 침을 뱉고 늙은 창녀처럼 욕설을 퍼붓기나 하지. 누가 그녀를 네 삶으로 끌어들인 건지…… 그녀에 비해 너는 아주 훌륭한 집안의 아이지……. 이리로 오렴, 내 아들아. 이리로 와서 우리와 춤을 추자꾸나…….

나는 큰 소리로 떠들고 있었다. 프랭크는 내 말을 들을 수 없겠지만, 그를 위해 우주의 이름으로 진심을 담아 이야기하고 있었다. 바보 같긴 해도 조금은 사랑스런 눈으로 봐 줄 수 있지 않은가 ……. 나는 그저 내가 그를 얼마나 사랑하는지를 말하고 있을 뿐이었다.

어…… 그게…… 그러니까…… 마지막으로 한 가지 덧붙이고 싶은 말은…… 우주의 신이시여…… (이렇게 말을 하니 제임스 브라운*이 보이는 것이었다.) 아니, 두 가지가 있다. 그러니까…….

첫째, 내 친구를 그대로 내버려 두세요. 그에게 너무 빨리 손

---

* James Brown, 1933~2006. 흑인의 영혼을 노래한 미국 가수로, 소울의 대부로 불린다.

짓하지 마세요. 그는 거기에 가지 않을 거예요. 아무리 날 창피하게 생각해도 여기에 날 혼자 버려 두고 갈 리가 없어요. 그냥 그런 게 있어요. 아무리 당신이 우주의 신이라도 어쩔 수 없어요. 무례하게 굴어 죄송해요.

정말이에요. 나 때문에 귀가 따갑겠지만 결코 당신에 대한 존경심이 부족해서 그런 건 아니에요. 어떻게 말을 해야 할지 몰라 횡설수설하다 보니 뿔이 좀 난 것뿐이에요. 그게 바로 사람들이 사는 세상이랍니다. 당신도 잘 알겠지만.

신이 대답했다.

기분이 좋군.

*

나는 수많은 별무리 속에서 우리 별을 찾아보았다.

우리가 각각 자기 별을 갖고 있지 않은 게 조금 유감이지만 그래도 우리 둘을 위한 별 하나는 있어 다행이었다. 그래. 우리 둘이 만난 날, 작은 별이 우리를 알아보고는 지금까지 변함없이 지켜주었다. 자신의 역할을 충실히 해 온 셈이었다.

뭐, 요 몇 시간은 좀 헤매긴 했지만. 지금은 환하게 제 모습을 드러내고 있지 않은가……

예쁜 우리 별이 한껏 멋을 부리며 반짝거린다. 세포러스 상점에서 구입한 분무기로 별 가루를 한꺼번에 뿌려 대는 것 같다. 어이! 당연하지. 우리 별이잖아. 다른 별들이 불꽃놀이에 정신 없는데 우리 별만 홀로 남아 있겠어?

수많은 별들 사이에서 우리 별을 찾아보았다. 할 말이 있었다. 한 번만 더 우리를 도와달라고 애원하고 싶었다. 우리가 잘못을 저지르긴 했지만. 아니, 특히 내가……

그래. 다 내 잘못이다. 우리 별이 핫라인에 다시 불을 밝히게 하려면 내가 직접 별을 찾아가 두드려야 한다. 물론 다른 별들도 아름답지만 그들에게 부탁할 순 없지 않은가……. 우리 별에 진심을 다해 애원하면 분명히 우리 쪽을 굽어봐 줄 거야.

☆

아! 저 별!

저기 저 별이 우리 별인 게 틀림없다. XXS(더블 엑스 스몰 사이즈)인 아주 작은 별 말이다. 내게서 수십만 년 떨어진 저 곳, 내 손가락 끝에 매달린 저 별……. 너무 작아 톡 건들면 깨질 것만 같다. 스와로브스키 크리스털처럼. 별 무리에서 살짝 비켜 홀로 빠져나와 있는 저 별…….

그래. 바로 저 별이야. 고독하고 의심도 많지만, 자신이 품고 있는 모든 빛을 내뿜고 있는 저 별. 그 자리에서 온 힘을 다해 반짝거리며 행복해한다. 우리 별은 노래를 사랑할 뿐만 아니라, 각각의 노랫말까지 다 기억하고 있다.

밤이 깊을수록 별이 더 빛났다.

가장 늦게 잠들고 가장 일찍 일어나는 우리 별. 수천만 년 전부터 매일 저녁마다 외출을 하고, 축제를 벌이고, 언제나 똑같은 빛으로 빛나고 있다.

내가 잘못 본 건 아니겠지?

너 맞지?

아! 반말해서 미안해요, 당신 맞죠?

저기…… 잠시 얘기해도 돼요? 프랭크와 내 얘기를 들어줄 수 있나요? 한 번 더 우리를 사랑해 줄 수 있어요?

아무 대답도 없다. 나는 그의 침묵을 체념하며 내쉬는 한숨으로 받아들였다. 말하자면, 어이, 너희들, 정말 귀찮은 아이들이구나. 알았어. 좋다구. 너희들 진짜 운 좋은 줄 알아……. 오늘 밤은 슬로우 댄스 곡인데 남자 친구가 없어 심심하던 차였으니. 자, 들어줄 테니 어디 얘기해 봐. 빨리 끝내고 밀키 웨이*나 먹으러 가게.

나는 프랭크의 손을 더듬거려 찾고는 꼭 쥐었다. 머릿속을 정

---

* Milky Way, '은하수'라는 의미의 단어지만, 미국의 유명한 초코바의 상표 이름이기도 하다. 여기선 중의적 표현으로 사용되었다.

리하려고 그렇게 한동안 있었다.

그래. 나는 우리를 예쁘게 선보이고 싶었다. 반짝반짝 윤도 내고, 머리도 가지런히 빗고, 우리를 가장 아름다운 모습으로 소개하고 싶었다. 그러고는 하늘을 향해 우리를 힘껏 던졌다.

용감무쌍한 우주 레인저 버즈 라이트이어*처럼.

영원을 향해, 아니 그보다 더 멀리…….

* 〈토이스토리〉 3편의 주인공 이름.

프랭크. 그의 이름은 프랭크다. 가수 프랭크 알라모*의 팬이었던 그의 엄마와 할머니가 지어 준 이름이라고 했다. 그리고 내 이름은 빌리다. 마이클 잭슨에 미쳐 있던 엄마가 붙여 준 것이다.**

그러니까 우리 둘은 서로 전혀 다른 세계에 사는 엄마 밑에서 인생의 첫발을 내딛은 셈이다. 다시 말해, 우리가 만날 가능성은 거의 없었다는 뜻이다.

프랭크의 엄마와 할머니는 그를 끔찍이도 사랑했다. 그는 어렸을 때부터 비싼 공연 티켓을 종종 선물로 받았다.

---

* Frank Alamo 1941~2012. 1960년대 크게 이름을 날렸던 프랑스 가수. 어릴 때부터 파리 나무 십자가 합창단 단원으로 활동하기도 했다.
** 〈빌리진 Billlie Jean〉. 마이클 잭슨의 대표적인 노래. 몇몇 여성 팬들이 마이클 잭슨의 아이를 낳았다고 주장했는데, 그 내용을 담았다.

〈예예의 귀환〉 CD는 물론, 〈예예의 위대한 귀환〉 콘서트*와 《안녕 친구들》의 뮤지컬 공연 티켓, 그리고 블루 레이 DVD는 물론 라이브 공연이 펼쳐지는 호화 유람선 표까지.

그의 엄마와 할머니가 그렇게 사랑하던 다두**가 죽었을 때, 프랭크는 하루 휴가를 내, 일등칸 기차로 두 분을 파리까지 모시고 왔다. 그렇게 그는 이름조차 기억나지 않는 성당의 광장까지 운구 행렬을 따라갔고, 무덤 속 깊이 관이 내려앉는 걸 보면서 두 분이 〈마지막 인사 대신 손을 흔들며〉***를 흥얼거릴 때 가까이서 부축해 드리기까지 했다.

이제, 내 얘기를 좀 해보자. 엄마가 나 말고도 다른 아이들을 더 낳았는지 나는 알 수가 없다. 그리고는 그 아이들 이름을 '베드'나 '스릴러'****라고 불렀는지, 아니면 '밤비'*****라는 아이가 창문에서 떨어진 걸 보며 통곡하진 않았는지 알 수도 없다. 엄마는 내가 한 살도 되기 전에 집에서 도망쳤다. (아버지가 언젠가 말했다. 네가 얼마나 울어 댔는지 모를 거야. 네가 골칫덩이라

---

* 1960년대 프랑스에서 유행한 로큰롤이나 디스코 스타일의 음악.
** 프랭크 알라모의 애칭.
*** 프랭크 알라모의 히트곡.
**** 《Bad》, 《Thriller》는 마이클 잭슨의 앨범 이름이다.
***** Bambi. 아기 사슴 밤비의 성장 과정을 묘사한 월트 디즈니 애니메이션의 주인공.

엄마가 도망친 거야, 라고) (내가 골칫덩이이긴 했나 보다. 그런데 살아가면서 이런 비난을 견디려면 정신과 의사를 한 트럭은 동원해야 하지 않을까.)

그렇다. 어느 날 아침, 엄마는 집을 나갔고, 그 후 살았는지 죽었는지 소식 한 번 전하지 않았다.

새엄마는 내 이름을 전혀 좋아하지 않았다. 못된 남자아이 이름 같다고 했다. 맞는 말일지도 모른다. 그 말에 대들고 싶은 생각조차 들지 않았다. 욕할 마음도 없었다. 새엄마가 비열한 여자인 건 맞지만 그것 역시 그녀 잘못만은 아니다…… . 참, 오늘 밤은 새엄마 얘길 하려는 게 아니다. 누구에게나 각자의 개똥 같은 삶은 있는 법.

자, 꼬마별아! 나의 어린 시절 얘기는 이 정도로 해둘게.

프랭크는 좀처럼 어린 시절 얘기를 하는 법이 없었다. 어쩌다 꺼낸다 해도 그 시절을 증오하고 부정하고 싶어할 때뿐이었다. 나야 뭐 어린 시절이란 것 자체가 아예 없지만.

그러니 내가 내 이름을 좋아하는 것만도 대단한 일이 아닌가.

하긴 마이클 잭슨 같은 천재 댄서나 그런 턴 동작을 멋지게 해내겠지만…… .

　나와 프랭크는 같은 중학교에 다녔지만 우리가 처음 말을 나눈 건 3학년에 올라가서였다. 유일하게 같은 반에 배정된 해였다. 한참 뒤에나 고백한 사실이지만, 서로의 존재를 알아본 건 중학교 입학식 날 아침이었다. 그렇다. 첫눈에 상대가 버거운 세상의 짐을 짊어진 채 살아가고 있다는 것을 알았다. 꽤 오랜 시간 서로를 피해 다녔던 것도 그 때문이 아니었을까. 1밀리그램의 고통도 더하고 싶지 않았으니까.

　나는 되도록 폴리포켓 스타일의 귀엽고 예쁜 여자애들과 어울려 지내려고 했다. 긴 머리칼에 깜찍한 얼굴을 하고, 자기 방

을 가지고 있고, 유명 베이커리의 케이크 상자를 수집하는 아이, 그리고 성적표에 얌전히 사인을 해주는 그런 엄마를 둔 아이들 말이다. 어떻게든 내게 호감을 갖게 해서 그 아이들 집에 초대받으려고 애를 썼다.

하지만 나는 별 인기가 없었다. 특히 겨울에 심했다. 나중에서야 그 이유를 알게 되었다. 우리 집엔 더운 물이 나오지 않았으니…… 나한테서 냄새가 났던 거다. 젠장! 창피해했던 그때의 기억이 되살아나 지금 이렇게 횡설수설하나 보다. 자, 그건 통과!

그 시절, 나는 내 생활에 대해 온갖 거짓말을 해댔기 때문에 개학날이면 지난 학기에 어떤 거짓말을 했는지 되짚어 봐야 했다. 헷갈리지 말아야 했으니까.

집에서 나는 미친 소라도 삼킬 듯한 맹수처럼 굴었지만, 학교에서는 늘 말없이 조용히 지내는 아이였다. 하긴 24시간 내내 방어 태세를 취할 만큼의 에너지가 내겐 없었다. 경험해 보지 않고는 절대 이해할 수 없을 거다. 그런 삶을 살아본 사람들만이 내가 무슨 말을 하는지 알 수 있다. 방어 자세를 취한다는 거…… 언제나…… 특히 주위가 조용할 때…… 정막이 흐를 때가 더 위험하다. 어디서 손찌검이 날아올지 모르니…… 휴우…… 다행이다. 이번은 아니군……. 젠장!

언젠가 역사 시간에 뒤몽 선생님이 최하층민이라는 말을 설명한 적이 있다. 의도한 건 아니었겠지만 어쨌든 내 출신을 알려 준 셈이었다. 그는 사치품 수출이나 몽셀미셀의 모래톱 얘기를 하듯 아무렇지도 않게 설명했다. 하지만 지금도 나는 수치심에 얼굴이 화끈 달아올랐던 그때의 기억이 생생하다. 내가 사는 집을 일컫기 위해 특별히 만들어 낸 단어가 사전에 들어 있다는 걸 그때 처음 알았다. 가난이라는 건 경험하지 않으면 눈에 잘 보이지 않는 그런 것이다. 그래서 사회복지사들조차 이곳을 돌아보지 않는 게 아닌지 모르겠다. 몸에 시퍼런 멍이 남아 있지 않고, 학교에 결석만 하지 않으면 아동 보호 센터의 감시망 같은 건 얼마든지 피할 수 있다. 게다가 새엄마는 항상 잘 차려입고 마트에 다녔기 때문에 다들 평범한 가정주부라 여기며 인사도 건네고, 아이들 안부도 묻곤 했으니까.

새엄마가 어디에서 자동차 기름을 구하는지, 나는 전혀 모른다……

산타의 순록이든 신데렐라의 생쥐든 어쨌든 뭔가 있었던 게 분명하다. 지금도 풀리지 않는 미스터리다. 빌어먹을 빈 술병들은…… 도대체 어떻게 구한 것들인지?

미스터리 중 미스터리……

*

그곳에서 날 구해 준 건 학교가 아니었다. 선생님도 아니었다. 첫 영성체를 무사히 받을 수 있도록 도와준 친절한 마드무아젤 지젤도, 언제나 아이의 책가방 무게에 충격을 받는 부모들도, 프랑스 라디오 채널을 즐겨 듣고 독서가 취미인 진보 성향의 친구 부모들도 아니었다. 모두 다 아니고, (어둠 속에서 나는 손가락으로 그를 가리킨다.) 바로 저기 누워 있는 프랭크다.

그래. 바로 그다…… 게이인 프랭크 뮈뮈, 나보다 생일이 6개월 늦고, 키는 15센티미터 작은 내 친구 프랭크다. 어깨를 툭

칠 때마다 휘청거리고, 늘 정신줄을 놓고 걸어 자동차가 그 옆을 지나갈 때마다 욕을 먹고야 마는 바로 그다. 그가 나를 구해주었다. 그 아이 혼자서.

누구도 원망하고 싶진 않다. 보다시피 나는 지금 조금도 숨김없이 다 얘기하고 있다. 너무 오래된 일이라 더는 내 모습을 찾아볼 수 없지만⋯⋯.

그래, 고백하건대, 나는 뭔가 작성하라는 서류만 봐도 불안해했다. 부모 이름, 출생지 같은 걸 기록하라고 하면 내 입에선 언제든 거짓말이 튀어나왔다. 별로 중요할 건 없었다. 다 지나가는 것들이니. 그것도 눈 깜짝 할 사이에.

단지 한 가지, 절대 부모의 얼굴은 다시 마주하고 싶지 않았다. 절대로. 절대 그곳으로 돌아가지 않을 작정이었다. 결혼식이든 장례식이든, 어떤 일이 있어도 돌아가지 않겠다고 결심했었다. 그 지역의 번호로 시작하는 차만 봐도 재빨리 나는 눈을 돌렸다. 어떻게든 고통스런 기억에 빠져들고 싶지 않았으니까.

오늘 하룻밤에 그 시절 얘기를 다 풀어 낼 수는 없을 것이다. 매번 실패의 연속이던 시절, 어린 시절의 씁쓸했던 기억이 기습적으로 나를 난타하던 시절, 내 스스로를 보호하기 위해서라며 술에 의지하던 그 시절, 나는 프랭크에게 복종했다. 힘껏 리셋 버튼을 눌렀다.

실패 없는 삶을 살아 보려고 하드웨어를 완전히 부숴 버렸다. 슬픈 생각들일랑 다 집어치웠다.

꽤 길고 지루한 작업이었지만 기어이 해낸 것 같다. 내가 원하는 건 딱 하나였다. 다시는 부모와 대면하고 싶지 않다는 것.

더 이상 다시는.

그들이 죽었다 해도. 화장한 뒤 재밖에 남지 않았다고 해도. 아니, 땅 속에 묻혀 완전히 산화되었다 해도.

한 번쯤은 내 자신에게 솔직해지고 싶다. 심지어 별님께서 내게 '좋아. 그들에게 악수만 청한다면 네게 소지지—버터와 산 펠레그리노 탄산수를 가득 실은 들것을 보내주지' 라고 해도 나는 거절할 거다.

결단코.

'아니' 라고 단호하게 대답할 것이다. 그리고 여기서 벗어나기 위해 작은 별님 말고 다른 해결 방법을 기어이 찾아내고야 말 것이다.

자, 다시 내 얘기로 돌아가 보자. 프랭크와 나는 주민이 3천 명도 채 안 되는 외딴 시골 마을의 중학교에 다녔다. 여기서 '시골'이란 말은 너무 예쁜 표현이다. 시골하면 작은 언덕과 시냇물이 떠오른다. 그런데 내가 태어나 자란 그곳에는 그런 건 그림자도 없다. 예전이나 지금이나 풀 한 포기 자라지 않는 황무지일 뿐이다.

그렇다. 썩고 부패한 땅. 끝도 없이 죽어가는 그런 곳이었다. 죽어라 마셔 대고, 죽어라 담배를 피워 대고, 믿는 거라곤 로또뿐이고, 자신의 불행을 가족과 애완동물에게 뒤집어씌우는 그런 곳이었다.

하나 둘씩 그냥 그렇게 스스로 목숨을 끊어 버리는 그런 세상. 아주 서서히, 가장 힘없는 이들만 남겨 두고 가 버리는……

사람들은 청소년들의 불만이 언제나 도시 외곽에서나 폭발되는 것처럼 말하지만, 사실 이런 촌구석에 사는 것도 그리 쉬운 일은 아니다.

아무리 자동차를 불태우고 싶어도 차가 보여야 할 것 아닌가!

시골은, 내가 마을 사람들과 다르면 사는 게 아주 끔찍한 곳이다. 그들이 무관심한 게 오히려 속편했다.

물론 들러리 같은 이들이야 늘 있기 마련이다. 정치든, 조합 활동이든, 유기농 식품 분야든, 좀 과장하면 거짓말을 밥 먹듯 하는 부류의 사람들은 내가 잘 안다. 그렇다. 잘 알고 있다. 사회복지사 같은 사람들이라고나 할까. 남들이 자기한테 보여 주고 싶어 하는 것만 보는 이들 말이다.

충분히 그들을 이해한다. 나 역시 그들처럼 되었으니까.

헝지스에 다녀올 때마다, 적어도 일주일에 네 번, 도로 어디쯤에서 정신을 바싹 차려야 하는지 잘 안다. 오른쪽 바퀴가 인도 쪽으로 난 흰 선을 밟고 미친 듯이 달리다가 정확하게 두 차례, 안전거리를 유지해야 하는 곳이 있다. 파리와 오를리 사이의 이 두 지점에, 사람들이 지나다니는 길가 쪽으로 거대한 쓰레기 더미 같은 게 있다. 아스팔트와의 경계선에.

볼품없는 것도 그렇지만, 사실 문제는 그게 쓰레기 더미가 아니라는 것이다. 그것은 집들이다. 늘 방어 태세를 늦추지 않는 어린 소녀들이 잠을 자는 방이다.

자, 얘기에 속도를 내보자. 앞서 얘기한 대로, 누구나 자신만의 골칫덩어리를 안고 살아가기 마련이다. 너무 많은 고통을 겪으면서 나는 점차 이기적인 괴물로 변해 갔다. 나의 이기주의야말로 고속도로 A6에 사는 어린 빌리들에게 물려줄 수 있는 가장 훌륭한 재산이다.

애들아, 나를 짓밟아 보렴. 꽃을 가득 싣고 달리는 낡은 내 자동차를 밟아 보렴. 내가 바로 증거란다. 아무리 그래도 죽지 않고 살아남을 수 있다는 걸 보여 주는 증거 말이다.

☆

그렇다. 우린 서로를 알아보았지만 오랫동안 서로를 피해 다녔다. 우린 둘 다, 자크 프레베르 중학교의 페스트 환자들이 었으니까.

나는 빈민가 모리유 출신이었기 때문에 그랬다. (모리유는 오지 이름도, 곰보버섯 서식지도 아니다. 사실 뭘 뜻하는지 지금도 정확하게 모른다. 알아 보려고 애써 본 적도 없고. 그러니까…… 뭐랄까. 자동차 폐차장이랄까. 예술인 구역처럼. 분리수 거조차 되지 않은 쓰레기 처리장이랄까……. 다들 '집시촌'이라고 부르지만 정작 진짜 집시들이 사는 것도 아니다. 그냥 새엄마 가족이 산다. 새엄마의 아버지, 삼촌, 배다른 자매들, 그리고 나의 배다른 남매들 뭐 그런 사람들, 그러니까 모리유 사람들 말이다). 나는 매일 아침 저녁으로 빌어먹을 '집시촌'의 소굴인 이동식 주택과 되도록 멀리 떨어진 정류장에서 버스를 타려고 2킬로미터도 넘는 길을 걸어다녔다. 버스에서 친구들이 나를 자기들 옆자리에 앉지 못하게 할까 봐 두려웠다. 그리고 프랭크는 세상 사람들과 너무 달랐기에 따돌림의 대상이었다.

　프랭크는 여자애들을 좋아하지 않았다. 아니, 좀 더 정확히 말하면 여자 역할을 하는 남자애들만 좋아했다. 그림은 아주 잘 그렸지만 운동엔 꽝이었고, 삐쩍 마른 몸으로 온갖 것에 알레르기를 앓았고, 언제나 혼자 꿈꾸며 떠돌았고, 자신만을 위한 깊은 굴 속에 파묻혀 지냈고, 점심시간에도 조용히 밥을 먹으려고 항상 점심시간이 끝나기 직전에 식당에 갔다. 음식 진열대 앞에서 북적거리는 걸 싫어했으니까.

　꼬마별아, 나도 알아, 안다고……. 내가 엄청 고리타분하게 얘기를 끌어 가고 있다는 거……. 허약 체질인 꼬마 게이와 하수 처리장에 사는 그의 코제트* 식으로 얘기하는 게 세련미가 한참 떨어진다는 것도. 그런데 어쩌겠어……. 이런 얘기 말고 어떤 얘기들을 할 수 있겠어? 겨울에 카라반이 아니라 따뜻하고 튼튼하게 지어진 집에서 살았다고? 아니면 그가 양쪽 손목에 체

* 빅토르 위고의 소설 『레미제라블』의 등장인물. 그녀는 불쌍한 어린시절을 보내지만 이후 장발장의 보살핌으로 평온한 삶을 누리게 된다.

인을 감고 오토바이라도 몰고 다녔다고 할까? 되도록 막장 드라마에서 바로 튀어나온 것처럼은 보이지 않게 말이야.

쳇, 아니…… 그러고 싶어도 그럴 수 없어……. 그건 우리 모습이 아니니까. 우리 얘기가 아닐 테니까 ……. 네버랜드*, 〈다두 론론〉**, 〈부드러운 분노와 고집불통〉***처럼 우리를 덜 불쌍하게 보이게 하려고 그럴듯하게 포장하고 싶진 않아.

그러니 꺼져. So beat it,

그냥 꺼지라구. Just beat it!

쳇! 그래도 괜찮은 편이었지. 안 그래? 이런 데다 집적거리는 손길까지 있었어 봐.

우리 집에 그런 건 없었으니 천만다행이었지.

매야 원없이 맞았지만 한 번도 끈적거리는 손이 내 몸을 더듬는 법은 없었어.

휴우! 정말 다행이지. 꼬마별아, 안 그래?

---

* 피터팬에 등장하는 가공의 나라 혹은 마이클 잭슨이 어린이들을 위해 지은 집.
** 〈Da Doo Ron Ron〉. 그룹 크리스털즈가 1963년 발표한 곡. 프랭크 알라모는 이 노래를 프랑스어 버전으로 불렀다.
*** Rage tendre et tête de bois, TV 쇼 프로그램 제목. 원래 제목은 `Âge tendre et tête de bois (부드러운 나이와 고집불통)`인데 여기서 저자는 특별히 이 방송을 거론하려는 의도보다 Âge (`나이, 세대`라는 의미, [아주]로 발음)의 운에 맞춰 rage(`분노`라는 의미, [라주]로 발음)로 바꾸었다.

우리 집 같은 경우가 그리 특별한 것 같진 않다. 지방이든 대도시든, 대부분의 학교에는 상담실도 넘쳐났고, 온갖 아웃사이더들이 있었으니……

생존을 위해 끊임없이 투쟁해야 하는 이들, 스스로 왕따가 되려는 이들, 그러다 때로 죽어가는 이들. 그렇다. 어느 날, 그들은 구원의 손길이 끊기거나 혼자 힘으로 일어설 수 없을 때면 그대로 손을 놓아 버린다. 게다가 지금은 내가 충격을 주지 않으려고 가능한 부드럽게 얘기하고 있다. 꼬마별님, 당신을 불편하게 하거나 내 스스로를 비난하지 않으려고 그러는 건 아니에요. 스물두 살 생일 저녁인가……, 그날 나는 내 삶의 리셋 버튼을 눌러 버렸다.

프랭크 뮈뮈 밀러 앞에서 내 자신을 완전히 바꿔 버렸고, 그에게 이제는 모든 게 끝났다고 다짐했다. 더는 나 자신을 아프게 하지 않겠다고 약속했다.

가여운 꼬마 코제트 같은 내가 상상력이 부족한지는 모르겠지만 어쨌든 지금까지 그 약속은 지키고 있다.

*

우리가 어찌나 서로를 잘 피해 다녔는지, 하마터면 영원히 놓칠 뻔했다. 그때가 2학기 말쯤이었는데, 몇 달만 더 그렇게 지냈다면 성적이나 원하는 직업 진로에 맞춰 각자의 길을 갔을 것이다. 나는 하루라도 빨리 일을 하고 싶어 했으니까. 그는 글쎄……, 잘 모르겠다. 그를 멀리서 바라볼 때면 왠지 어린 왕자가 떠올랐다. 항상 노란 목도리를 두르고 다녀서 그랬는지도 모르겠다. 누구도 그가 이다음에 어떤 일을 할지 짐작조차 할 수 없었다.

그렇다. 그렇게 몇 주 더 무관심하게 지냈으면 아마도 서로의 환영을 떨쳐 버리고, 그를 연상시키는 모든 표상들까지 영원히 잊었을지도 모른다.

그런데 짜잔! 제2막이 우리를 기다리고 있었다.

신께서 우리를 그렇게 내버려 둔 게 너무 부끄러웠던 걸까? 소화불량으로 속이 불편해서 어떻게든 문제를 해결하려고 그랬나, 아니면 꼬마별님, 당신이 그랬나요? 아니 꼬마별아, 너였니? 네게 꼬박꼬박 존댓말 하는 게 좀 그래서……. 마치 네가 직업 소개 담당자라도 되듯 내 이력서를 던져 버린 느낌이랄까. 누가, 왜 그랬는지 나는 모른다. 어쨌든 그건 찰리*가 윙카 초콜

---

* 영화 〈찰리와 초콜릿 공장〉의 주인공 소년.

릿 안에서 황금 티켓을 발견한 것처럼 뜻밖의 행운인 건 분명하다. 안 그랬으면 정말 큰일 날 뻔했지. 그런데 젠장, 왜 또 눈물이 나는 거지, 나는 훌쩍거리는 걸 들키지 않으려고 찢어진 더플 백*에 고개를 파묻었다.

*

그렇다. 그날, 알프레드**는 우리에게 인사를 건넸다. 조금 전에 학교나 선생님이 우리를 지옥에서 구해 주지 않았다고 했지만, 어찌 보면 조금 도움을 준 건 사실이다. 학교 선생들을 칭찬할 생각은 없지만 어쨌든 부활절 방학 동안 편히 쉴 수 있게 해 준 것 이상으로 그들에게 많은 빚을 진 건 맞는 말이다.

그해 3학년 프랑스어 수업을 맡은 기에 선생님이 없었다면, 그리고 그녀가 어떻게든 수업 시간에 연극 공연을 하겠다고 고집하지 않았다면, 그녀 말대로, 나는 아마 지금도 좀비처럼 헤매고 있었을 게 분명하다.

사랑을 가지고 장난치지 마세요.

* 원래 더플 백은 캠핑용 긴 베개인데 여기서는 부상당한 프랭크를 상징한다.
** 프랑스의 시인 · 극작가 · 소설가. 여기서는 알프레드 드 뮈세의 연극을 말함.

사랑을 가지고 장난치지 마세요.

사랑을
가지고
장난치지
마세요.

아, 이 연극 제목을 중얼거리는 것만도 얼마나 행복한 일인
지…….

☆

그날 아침, 기에 선생님이 부엌에서 쓰는 작은 등나무 바구니 세 개를 들고 왔다. 첫 번째 바구니에는 희곡의 몇 장 몇 막을 연기해야 하는지를 적은 쪽지가 들어 있었고, 나머지 두 바구니 속에 있는 쪽지에는 여학생과 남학생 이름이 각각 적혀 있었다.

내가 프랭크 뮈뮈의 상대역으로 뽑혔다는 소리를 들었을 때만 해도 연극의 주인공이 새(페르디캉이 아니라 펠리컨이라고 들었으니까)인 줄만 알았다. 도대체 무슨 소리를 하는 건지 하나도 알아들을 수 없었던 기억이 지금도 생생하다.

제비뽑기를 한 건 부활절 방학 전날이었다. 대사를 암기하려면 충분한 시간이 필요하다고 기에 선생님이 말했다. 내게는 끔찍한 일이었다. 빌어먹을 방학 동안 내가 도대체 뭘 외울 수 있다는 건지. 시작도 하기 전에 볼장 다 본 셈이었다. 프랭크가 나하고 한 팀이라니. 분명히 나 때문에 낙제 점수를 받을 텐데 그대로 내버려 둘 순 없었다. 거절해야 했다. 내게 방학은, 그 어떤 것도 배울 수 없는 시간을 의미했다. 더구나 깨알 같은 글씨로 적힌 어쩌고저쩌고라니. 더 생각해 볼 것도 없었다.

수업이 끝나자 그가 내게 가까이 왔다. 나는 그가 다가오는 걸 알아채지 못했다. 얼굴이 시뻘겋게 달아올라 이미 제정신이 아니었다.

"너만 괜찮다면 우리 할머니 집에 가서 연습해도 되는데……."

그의 목소리를 가까이서 들어본 건 처음이었다. 그런데…… 오…… 세상에…… 얼마나 기분이 좋던지……. 뒤엉킨 실타래에서 나를 한 올 한 올 풀어 주는 목소리였다. 스트레스 뭉치 속에서 나를 꺼내 주는 듯했다.

왜냐고? 왜냐하면 그의 제안 덕분에 어른한테 뭔가를 부탁하지 않아도 되었으니까…….

내가 머뭇거린다고 생각했는지 (천만에, 난 단지 그의 할머니 집을 바라보며 저 위에서 보름 동안 방학을 보내게 되겠구나 하는 생각에 빠져 있었을 뿐이었다), 그가 수줍어하면서 덧붙였다.

　"우리 할머니, 재단사시거든……. 무대 의상도 만들어 주실 수 있을 거야……."

☆

나는 매일 그의 할머니 집에 갔는데, 그때마다 머무는 시간이 조금씩 길어졌다. 그러다 하루는 잠을 자고 온 날도 있었다. 프랭크가 TV에서 〈목걸이〉*를 상영한다며 같이 보자고 했기 때문이다.

우리 집에선 그 일로 나를 그다지 괴롭히지 않았다. 이렇게 말하면 좀 그렇지만, 빈민층 가정에서는 이른 나이에 남자랑 잠자리를 하면 오히려 말없이 사생활을 존중해 주는 경향이 있다.

그 무렵, 나는 만나던 남자 친구가 있었다. 열다섯 살 나이에 그 친구와 첫 관계를 가졌으니 내 경우가 그다지 절망적인 건 아니었다.

* 인간의 허상을 비판하는 모파상의 대표적인 작품.

물론 주위 사람들로부터 온갖 욕설과 모욕적인 말들을 들어야 했지만 아무 상관없었다, 이미 나는 그런 것에 익숙해 있었고, 내가 원할 때 달아날 수만 있다면, 날 방해하지만 않는다면 그만이었으니까.

새엄마는 오히려 기념할 일이라며 새 옷까지 사 줬다. 남자를 만나는 게 학교에서 좋은 성적을 받는 것보다 더 인상적이라는 듯.

진작에 알았으면! 그나마 입을 만한 청바지를 처음으로 선물로 받아 들고는 속으로 중얼거렸다. 이럴 줄 알았으면 어떻게든 펠리컨이든 페르디캉이든 만들어 냈을 텐데…….

그때는 알지 못했지만, 아니, 그때는 왜 그랬는지 분석조차 하지 못했지만, 프랭크라는 존재 자체만으로도 — 그가 '내 삶'에 깊이 개입하지 않았음에도 — 그가 살아 있다는 것만으로 모든 게 달라졌다. 어쨌든 그는 내 삶을 송두리째 바꿔 놓았다.

그해 부활절 방학은 내가 마음껏 누릴 수 있었던 유일한 방학이었다. 내 삶의 가장 아름다운 시절이었다.

아…… 젠장…….

☆

처음, 프랭크의 할머니 집에 들어섰을 때 나를 제일 불편하게 한 건 바로 고요함이었다. 할머니도 우리를 조용히 내버려 두었고, 그도 더없이 조용조용 말을 했다. 옆방에 시체라도 누워 있는 것 같았다. 그는 끊임없이 내게 괜찮으냐고 물었다. 그의 눈에는 내가 괜찮아 보이지 않았나? 나는 나대로 괜찮아, 괜찮아, 라고 대답했지만 속으로는 전혀 괜찮지 않았다.

그러다 조금씩 그 고요함에 익숙해졌다······.

그 집 현관문에 들어서기 전, 나는 학교에서 늘 취해야 했던 방어 태세를 버렸고 생각의 차원을 달리하기 시작했다.

처음 우리가 마주 보고 앉은 곳은 부엌이었다. 그곳은 한 번도 손님을 맞이한 적이 없는 것처럼 깔끔했다. 기분이 묘했다.

그러면서도 오래된 어떤 것이 느껴졌다. 슬픈 기운 같은……. 서로 마주 보고 앉자, 그가 연습 방식을 정하기 전에 먼저 암기할 대목을 같이 읽어 보자고 했다.

나는 하나도 이해할 수 없어 너무 부끄러웠다.

무슨 말인지 전혀 알아듣지 못한 채 나는 멍청한 앵무새처럼 대본을 읽어 내려갈 뿐이었다. 중국어를 더듬거리듯…….

그가 결국 이 희곡을, 아니, 이 대목을 읽어 본 적이 있느냐고 물었다. 내가 바로 대답하지 않자 그가 책을 덮고는 물끄러미 나를 바라보았다.

순간, 내 안에 웅크리고 있던 가시들이 다시 마구 비집고 나오는 것 같았다. 14세기의 바보 같은 허풍쟁이들 때문에 날 이상한 눈으로 바라보는 그의 모습을 보고 싶지는 않았다. 내가 암기해야 할 문장들이 그 옛날의 고리타분한 은어쯤 된다고 생각하고는 어떻게든 발음해 보려고 했다. 그가 선생처럼 구는 건 정말이지 싫었다. 내가 얼마나 골칫덩어리인지를 스스로 깨닫게 하면서 내 자리로 돌아가 앉으라고 명령하는 사람들은 지긋지긋하게 봐 왔으니까. 학교에서라면 굳이 문제를 일으키고 싶지 않기에 입 다물고 있겠지만 여기서까지 그러고 싶지 않았다. 폴리덴트* 냄새가 코를 찌르는 여기서 만큼은 그러고 싶지 않았

* 의치 세정제

다. 계속 날 그런 눈으로 본다면 당장이라도 뛰쳐나갈 생각이었다. 사람들이 그런 눈으로 뚫어지게 노려보는 건 도저히 참을 수 없다. 더 이상 참을 수 없다.

"네 이름, 진짜 마음에 들어."

한순간에 모든 긴장이 스르르 풀렸다.

그러면서 속으로는 삐딱하게 '그러시겠지, 남자 이름 같을 테니'라고 생각하고 있었는데 느닷없이 그가 이렇게 대답하는 것이었다.

"여자 가수 이름하고 똑같아, 아주 멋진 여잔데……. 빌리 홀리데이*라고 알아?"

나는 고개를 가로저었다.

그게…… 아니…… 난 아는 게 없어서…….

다음에 기회 되면 그녀의 노래를 들려주겠다고 했다. 그리고는 자기를 따라오라고 했다.

"여기로 와 봐. 이 소파에 앉아 봐. 저기…… 내가 읽어 줄게. 자, 이 쿠션 받치고……, 여기 편안하게 자리잡고 앉아. 영화관

---

* Billie Holiday. 1915~1959. 재즈 역사상 가장 위대한 목소리로 일컬어지는 미국의 전설적인 재즈 가수. 부모로부터 버려지고 두 번의 성폭행을 경험한 그녀는 가혹한 가난과 인종차별 속에서 불행한 유년기를 보냈다. 그녀는 호소력 짙은 목소리로 흑인에 대한 인종차별의 아픔과 자유를 노래하였는데, 그녀의 노래에는 삶이 녹아 있었고 영혼이 담겨 있다.

에 왔다고 생각하고……."

　나는 한 번도 영화관에 가 본 적이 없기에 그냥 바닥에 앉고 싶었다. *그가 내 앞에 자리를 잡고는 얘기를 시작했다.*

　그는 먼저 내가 알아들을 수 있게 등장인물에 대해 설명했다.

　"자. 그러니까…… 바롱이라는 노인이 있어. 연극이 시작되면 이 노인이 잔뜩 흥분한 얼굴로 무대로 올라오는데, 페르디캉이라는 아들을 기다리고 있는 거야. 파리로 유학을 떠나서 몇 년째 얼굴을 보지 못했지. 그리고 어렸을 때부터 아들하고 같이 자란 카미유라는 질녀도 집에 오기로 되어 있어. 그녀 역시 오랫동안 수도원에 갇혀 지내느라 만난 지 꽤 오래되었고 그런 표정 짓지 마. 그 시대는 당연한 일이니까. 그 당시 귀족 집안의 자녀들에게 수녀원은 요즘의 학교 기숙사하고 같아. 거기서 바느질, 자수, 노래도 배우지. 한 마디로 요조숙녀, 현모양처 양성소인 셈이지. 게다가 거기에 보내면 순결한 처녀로 키울 수 있다고 믿었으니까…… 카미유와 페르디캉은 십 년 동안 서로 얼굴을 보지 못했어. 어릴 때는 한 지붕 아래서 자라면서 서로를 무척 좋아했지. 친남매처럼. 아니, 그보다 더 *끈끈했을지도* 몰라. 어쨌든 바롱은 이 아이들 교육비도 만만치 않았기에 둘을 혼인시키려고 했던 거야. 둘이 서로 좋아하기도 했지만, 무엇보다 돈을 절약할 수 있다고 생각했으니까. 그게…… 6천 에퀴* 정도 될 거야. 여기까진 별로 어렵지 않지? 괜찮지? 내 얘기 잘 따라오고 있지? 좋아, 계속한다. 이 둘한테는 각각 돌봐주는 사람이 있었어. 피노키오 알지? 지미니 크리켓**이라고 하면 쉽게 이해될라나? 왜 있잖아, 항상 돌봐주고, 좋은 길로 가라고 충고해 주는 수호신 같은 존재…….

페르디캉에게는 블라지위스라는 가정교사가 있었어. 페르디캉이 어렸을 때 유일하게 그를 가르쳤던 선생이었지. 그리고 카미유에게는 마담 플뤼시가 있었고. 뚱뚱한 몸집의 블라지위스 선생은 늘 술독에 빠져 지냈고, 나이든 플뤼시 부인은 묵주만 조물거리면서 카미유에게 남자들이 접근해 올 때마다 못마땅한 얼굴로 으르렁거렸어. 그녀는 남자들을 좀처럼 가까이 하지 않았거든. 잠자리를 하지 않은 건 물론이고. 그러니 어린 소녀도 자기를 따라야 한다고 생각한 거지.”

지금도 기억이 나지만 거기까지만 들었는데도 나는 도저히 믿을 수 없었다. 거짓말 같았다.

선생님이 정말 우리한테 이렇게 흥미진진한 숙제를 내줬단

* 16세기에서 17세기까지 프랑스에서 사용된 은화. 표면에 방패 무늬가 있다.
** 디즈니 만화 영화 〈피노키오〉에 등장하는 귀뚜라미 요정으로, 피노키오 자신의 ‘양심’ 을 나타낸다.

말인가? 전혀 기대하지 못했는데…….

알프레드 드 뮈세라는 작가 이름만 해도 그랬다. 왠지 시큼털털한 냄새가 풍기는 늙수그레한 분위기에, 코안경을 눌러쓴 늑늑한 기운이 감돌지 않는가. 그런데……, 좋아, 나는 씽긋 웃어 보였다.

내 모습을 보면서 프랭크 뮈뮈는 기뻐했다. 등 뒤에 작은 날개라도 돋아난 듯이, 그는 내 관심을 끌려고 온갖 살을 붙이면서 얘기를 부풀렸다.

자신도 의식하지 못한 채, 그는 내게 세상을 향한 첫 번째 출구를 보여 주고 있었던 것이다. 내 인생의 무대에서 처음으로 멋진 공연이 펼쳐지고 있었다.

그렇게 등장인물 소개를 다 끝낸 뒤, 그는 내가 잘 알아들었는지를 확인하려고 까다로운 질문들을 끊임없이 던졌다.

"미안, 널 함정에 빠트리려는 게 아니야. 네가 잘 이해했는지 알고 싶어서 그래. 알겠지?"

나는 알아, 알아,라고 대답했다. 연극은 뭐래도 좋다. 내가 이해한 건 그냥 한 사람이 내게 관심을 기울이고 있고, 친절하게 말을 걸어 주고 있다는 사실이다. 그건 더 이상 언어가 아니었다. 한 마디로 공상 과학이었다.

이어 그는 「사랑을 가지고 장난치지 마세요」*의 대본을 읽어 주었다. 아니 연기를 해 보였다. 등장인물마다 그에 걸맞은 목소리로……. 합창 대목에서는 작고 둥근 의자 위에 올라서서 노래하듯 읊었다.

남작의 대사 부분에서는 스스로 남작이 되었고, 블라지위스의 대사를 읽을 때면 술독에 빠진 뚱뚱보 노인으로 변신했다. 브리덴느는 머리에 든 생각이라고는 먹을 것밖에 없는 지저분하고 키 작은 늙은이로, 플뤼시 부인은 입술을 오무려 앞으로 쭉 내밀고 웅얼거리는 버릇이 있는 늙은 부인으로, 그리고 로제트는 무슨 일이 일어나는지 전혀 알아채지 못하는 순박한 시골 처녀로, 페르디캉은 자신이 그저 여자와 섹스를 하고 싶은 건지 결혼하고 싶은 건지조차 잘 알지 못하는 미남 청년으로, 끝으로 카미유 대사를 읊을 때는 그다지 록큰롤스럽진 않지만 알파벳 I 처럼 곧고, 원칙을 중시하는 소녀로 완전히 변신했다. 물론 나중에는 달라졌지만…….

그녀는 인생에 대해서는 무지몽매한, 성당에서 밝히는 촛불을 닮은 열여덟 살 먹은 소녀였다. 그야말로 완전 단순하고, 완전 순진하고, 완전 새하얀, 그러면서도 속은 완전 화끈한 그런

* 알프레드 드 뮈세의 희곡 작품. 사랑하는 연인들이 종교적 편견과 자존심 때문에 비극적 결말을 맺는다.

소녀였다. 그렇다. 내면은 완전 부글부글 끓는 소녀였다.

나는…… 황홀감에 휩싸였다.

조금 전 눈물을 삼키고 싶었던 딱 그때처럼, 고개를 뒤로 젖히고 하늘을 올려다보았을 때처럼…….

두 팔로 쿠션을 꼭 끌어안았다. 그 위에 미소 한 조각을 살포시 얹어 놓은 것처럼.

나는 계속 미소 짓기만 했다.

그가 페르디캉 역을 연기할 때였는데, 한번은 카미유에게 살짝 취한 듯 무시하는 투로 말했다.

"사랑하는 내 누이여, 수녀들이 너에게 자기들 경험만 잔뜩 늘어놓았구나. 하지만 네가 직접 겪은 게 아니잖니? 죽기 전에 반드시 진정한 사랑이 뭔지 경험해 봐야지."

이어 그가 책을 탁 하고 덮었다.

"왜 그만 읽어?"

나는 걱정스런 얼굴을 하고는 그에게 물었다.

"이게 마지막 대사거든. 간식 먹을 시간도 됐고. 갈까?"

부엌에서 오랑지나* 맛이 나는 음료수에 프랭크 할머니가 구

---

* 오렌지 맛의 탄산 음료.

워 준 딱딱한 마들렌느를 곁들여 먹으면서 나는 결국 내 생각을 큰 소리로 말해 버렸다.

"이렇게 끝내다니 정말 엉터리다. 그녀가 뭐라고 대답했는지 너무 궁금하잖아."

그가 빙그레 웃었다.

"나도 동감이야. 그런데 그다음 문장이 꽤 길어서……. 아주 긴 독백이 이어지거든. 그걸 다 외우려면 만만치 않을걸. 하긴 그 장면이 이 희곡의 하이라이트고, 가장 아름다운 부분이긴 해. 나도 많이 아쉬워. 마지막에 페르디캉이 화를 내면서 카미유한테 설명을 하는 부분이 있어. 그래. 남자들은 하나같이 '잡놈'이고, 여자들은 '갈보'라고. 하지만 세상에 '잡놈'과 '갈보' 사이에 일어나는 일보다 더 아름다운 건 없다고……."

나는 그에게 미소를 지어 보였다.

그렇다. 우리 둘은 아무 말도 하지 않았지만 그다음이 어떨지 잘 알았다.

아무 일도 없었다는 듯 잔을 비웠지만 우리는 잘 알고 있었다. 이번이 우리에게 주어진 마지막 기회라는 걸, 이 세상의 모든 '잡놈'과 '갈보' 사이에서 보낸 지난 수년 간의 고독에 멋지게 복수할 마지막 기회라는 걸.

그렇다. 말없이 창문을 바라보며 서로의 상처 입은 마음을 다독였지만, 우리는 우리도 아름다운 존재라는 것을 알았다.

☆

그다음 이야기는 밤을 새워서라도 들려줄 수 있다. 2주 동안 그와 더불어 얘기하고, 배우고, 암기하고, 연기하고, 서로 소리 지르고, 다시 화해하고, 책을 집어 던지고, 화를 내고, 포기하고, 난리를 피우고, 다시 시작하고, 연습하고, 공부하며 보냈다.

며칠 밤을 새워서라도 얘기할 수 있다. 왜냐하면 내 삶은 바로 거기서부터 시작되었으니까……

꼬마별아, 이건 그냥 의례적으로 하는 말이 아니야, 마치 출생 증명서를 제출하는 것과 같아. 그러니 장난치지 말아 줘. 제발…… 안 그러면 나 화낼 거야.

*

　우리는 매일 오후에 만나 그날 아침에 각자 외운 대사들을 연습하기로 했다. 그러려면 조용히 연습할 장소를 물색하는 게 가장 급한 일이었다. 집 말고 다른 공간이 필요했다.

　여러 곳을 찾아다녔다. 폐차장 뒤뜰이나 옛날 제련소는 물론 빨래방까지 뒤져 가며 적당히 숨어 지낼 곳을 찾아다녔다. 그런데 그때마다 동네 조무래기들이 장난치며 졸졸 따라다녀 성가시기만 했다. 결국 나는 공동묘지를 찾아냈고 지하 묘지에 자리를 틀고 앉았다.

　여러 모양의 십자가, 뼈다귀, 깨진 돌무더기, 녹슨 철은 물론 바라보기만 해도 마음이 가라앉으면서 서늘해질 것 같은 온갖 것들이 곳곳에 널려 있었다. 예수의 고난을 뒤따르려는 이 빌어먹을 골칫덩어리, 카미유를 다독거리기엔 안성맞춤인 곳이었다. 일부러 이런 장소를 물색한 건 아니었는데, 마침 잘된 일이었다.

　장소 덕분이었는지, 아니면 사자死者들이 지루함을 견디지 못하고, 시간을 죽이기 위해 나를 도와주기로 결심해서 그랬는지 모르지만, 그때 그 많은 대사들을 어떻게 그렇게 빨리 외울 수 있었는지 아직도 믿기지 않는다.

얼마 전까지만 해도 잘 보관해 둔 낡은 연극 대본을 꺼내 가끔 재미삼아 읽어 보았다. 그럴 때면 그 무렵의 일들이 사실이라는 걸 확인하기 위해 살점을 꼬집어 봐야 했다. 우리가 도대체 어떻게 해낼 수 있었지? 아니 내가 어떻게? 구구단도 제대로 외우지 못하는 내가, 암기할 문장이 다섯 줄만 넘어도 머리가 굳어져 멍하니 되는 내가.

모르겠다……. 프랭크 뮐러에 걸맞는 친구가 되기 위해 그랬던 것 같다. 그를 실망시키고 싶지 않아서……. 내게 처음으로 친절하게 말을 걸어 준 고마움을 어떤 방식으로든 표현하고 싶었다…….

바보 같지, 그치?

그리고…… 어떻게 설명해야 할지는 잘 모르겠지만, 그렇게 하는 게 오랫동안 별 관심도 없었던 세상과 세상 사람들에게 바보 같은 방법으로 복수를 하겠다고 다짐하는 것보다 훨씬 더 중요해 보였다.

하지만 그 누구에게도 그걸 증명할 필요는 없었다.

전혀.

나는 그저 프랭크를 기쁘게 해주고 싶었고, 지금까지의 내 삶에서 벗어나고 싶었을 뿐이었다.

그 당시, 그 모든 걸 이해하기에는 내가 너무 어렸다. 지금도 제대로 표현할 만큼 충분한 어휘를 갖고 있는 건 아니지만……. 지하 묘지에서 끊임없이 이어지는 미친 질문들에 대한 해답을 얻기 위해 두드리고, 두드리고 또 두드려 대는 듯한 여주인공의 대사를 암기하면서 내 자신에게도 똑같은 질문을 던졌던 것 같다. 그렇다. 나는 주인공을 향한 열정에 휩싸인 채 그녀의 신랄함에 취하고, 그녀의 깊은 그늘에 푹 빠져 지냈다.

나도 모르게 속으로 중얼거렸다. 만일 내가 카미유의 대사를 제대로 소화하여 멋지게 반박할 수 있다면, 그렇게 해서 프랭크 뮐러가 최상의 조건에서 연기할 수 있게 해줄 수 있다면, 나 역시 빈민가 모리유에서 벗어날 수 있을 거라고…….
이 버려진 묘지에서, 나의 작디작은 성전에서…… 진정으로 내 자신이 될 수 있을 거라고…….

그렇다. 나는 폐허더미 속에 숨어, 어린 부르주아 소녀의 열에 들뜬 망상에 귀를 기울였다. 그녀는 조금도 고통받아 본 적

없고, 모든 걸 원했고, 게임을 시작도 하기 전에 판돈을 몽땅 쓸어가고 싶어했다. 아니 그럴 수 없다면 아예 게임을 하고 싶어하지 않았다. 평범한 사람들처럼 사느니 차라리 죽음을 택하겠다고 결심했던 소녀였다. 내가 해야 했던 것은 바로 그녀를 끌어안고 그녀 자신을 넘어서는 어떤 곳으로 옮겨다주는 사다리 역할이었다.

틀에 갇힌 듯 꽉 막힌 그녀의 사고에 동의하진 않았지만 그래도 그녀를 존중했기 때문이다.

그녀가 잘못 생각하고 있다는 걸 나는 알고 있었다. 하지만 수녀들로부터 세너 교육을 받은 게 오히려 그녀로서는 잘된 일이었는지도 모른다. 왜냐하면 그녀에겐 허공에 몸을 던질 만한 용기가 없었으니까. 나는 알고 있었다. 그녀가 자존심에 꽁꽁 묶인 채 평생 바보 같을 정도로 고집스런 순진함 때문에 괴롭힘을 당할 거라는 걸. 그녀가 잠깐이라도 내가 사는 곳을 둘러봤다면 바로 침묵하고, 좀 더 겸손한 마음으로 살아갔을 것이다. 하지만 오히려 그러지 않았기에 내가 도망칠 수 있도록 이끌어준 훌륭한 조력자가 되어 준 셈이었다.

그녀는 워낙 고집불통에 유연성이라고는 조금도 찾아볼 수 없는 꽉 막힌 인물이었기에 결코 포기하지 않을 게 분명하다. 그러니 내가 그런 특성만 잘 표현해 내면 모든 게 다 잘될 것이다.

예스. 고집불통의 두 머리를 모으면 얼마든지 우리는 어려움을 극복하고, 어떤 상황도 다 바꿀 수 있을 것이다.

꼬마별아, 물론 이런 걸 다 의식했던 건 결코 아니었어. 나는 겨우 열다섯 살이었거든. 열다섯 살…… 내가 있던 곳에서 벗어날 수만 있다면 무엇에라도 매달렸을 거야.

그렇다. 얘기를 다 하자면 밤을 새도 모자랄 것이다. 시간이 촉박하니 서둘러야겠다. 그때 경험했던 것들 중, 중요한 두 장면만 얘기하고 넘어가야겠다.

첫째는 처음으로 대본을 읽은 뒤 함께 나눈 토론의 시간이었고, 두 번째는 '연극'을 끝낸 뒤의 일이었다.

꼬마별아, 너 거기 그대로 있는 거지? 날 버리고 간 거 아니지? 그치? 내 얘기가 너무 지겨워지면 구급상자하고 들것을 보내 줘. 물론 들것을 운반하는 소년 둘도. 프랭크가 벌떡 일어설 만큼 매력적인 미소년으로 보내 줘. 그러면 지금이라도 가만히 내버려 둘게. 약속해.

☆

그녀가 죽었어. 아듀, 페르디캉!

이 대사를 마지막으로 외치고 프랭크는 침묵했다. '짜잔……
2부는 잠시 후에 계속'이라고 광고를 내보낼 때처럼.

나는 초조하게 그 다음 이야기를 기다렸다.

그렇다. 페르디캉과 카미유가 이번 사태에 어떻게 대처할지
궁금했다. 잘난 척하기 좋아하는 이런 족속들에게야 가난한 소
녀의 죽음 따위는 아무런 관심도 없을 테고, 결국 사랑 이야기
는 늘 노래와 춤, 탬버린 연주 가락이 울려 퍼지는 행복한 결혼식
으로 끝나기 마련이겠지.

천만에!

그게 다였다.

그는 감동했지만 나는 화가 났다.

그는 너무 강렬하다고 말했지만 나는 거지 같다고 맞받아쳤다.

그는 훌륭한 교훈을 준다고 주장했지만 나는 형편없다고 맞섰다.

그는 카미유를 감쌌다. 정숙하고, 순수하며, 절대가치를 추구한다며 그녀를 두둔했다. 하지만 나는 그녀가 꽉 막히고, 줏대도 없고, 즐길 줄도 모르는 데다, 마조히스트라고 비난했다.

그는 페르디캉을 무시했지만, 나는…… 나는 그를 이해했다.

그는 카미유가 곧바로 수도원으로 돌아갈 거라고 믿었다. 슬픔과 절망감을 안고 돌아가겠지만 한편으론 남자들에 대한 실망감에 오히려 안도의 한숨을 내쉬었을 거라고 했다. 반면 나는 그녀가 덤불 모퉁이를 돌아서다 말고 만난 다른 남자의 달콤한 밀어에 또다시 속아 넘어갔을 거라고 되받았다.

한 마디로, 우리 둘 다 각자의 비곗덩이를 끈질기게 물고는 절대 포기하지 않았다.

단어 하나를 놓고 레슬링 한 판을 벌이는 것만 같았다.

뭐라고?

꼬마별아, 뭐라고 했니?

뭐라고 하는지 잘 모르겠다고?

연극 내용이 잘 기억나지 않는다고?

아, 잠깐! 가만히 있어 봐. 먼저 내가 어떻게 이 연극을 이해했는지 말하고, 그다음에 프랭크의 생각을 들려줄게. 우리 둘의 얘기를 듣고 나면, 뮈세가 뭘 얘기하려 했는지 알게 될지도 몰라.

a) (자, 난 이렇게 생각했어) 카미유는 사춘기 내내 수녀들의 차갑고, 절망적인 한탄이나 푸념만 듣고 자란 거야. 수녀들이야 몸이 헤프지 않으면 못생겼을 테고. 아니, 헤픈 데다 못생기기까지 했겠지. 그것도 아니면 지참금을 마련하지 못할 정도로 가난했든지. 어쨌든 좋아. 물론 신앙심도 깊고, 확고한 의지를 가지고 수녀가 되겠다고 마음먹은 이들도 있었겠지. 그런 수녀들은 어린 소녀들을 속이지 않아. 기도를 올릴 뿐이지.

카미유는 단단한 플라스틱 용기에 밀폐된 채, 오랜 세월 페르디캉을 향한 환상에 점점 더 빠져들었을 거야. 그래, 그를 우러러보면서 서서히 젖어들었겠지. 사랑의 한숨을 지으면서. 이 정도만 할게. 그런데 자존심이 강한 카미유는, 페르디캉이 파리에서 여러 여자들을 만났을 거라는 생각 때문에 불안했던 거야. 결국 온갖 수단과 방법을 동원해 과거를 다 고백하라고 다그쳤겠지. 무릎을 꿇든지, 치맛자락에라도 매달려 애원하면서 이렇게 고백하게 하려고 했을 거야. '맞아. 그래. 당신 말이 맞아. 다른 여자들에게 들이댄 거 맞아. 하지만 그건 단순한 욕구일 뿐이었어. 당신도 알 거야. 그런 여자들에게는 손톱만큼도 정을 준 적이 없어. 다들 몸 파는 여자들인 걸……. 당신도 잘 알잖아. 당신 말고 사랑한 여자는 없다는 거. 게다가 앞으로도 평생 당신만 바라보고 살 거야. 맹세할 수 있어. 십자가를 걸고 맹세할게. 자. 그러니 날 용서해 줘, 제발. 어둡고 끝도 보이지 않는 그런 음흉한 구렁텅이에 빠져든 걸 용서해 줘.'

그런데 그는 카미유가 바라는 대로 하지 않은 거지. (그랬지…….) (그녀를 사랑한 건 맞지만…….) (정말이라니까…….) (하지만 카미유가 원하는 그런 요란스러운 사랑 고백을 하지 않았던 거야.) (그건 아니었지.) (사실 그건 사랑이 아니지. 보험증서일 뿐…….) (그렇다니까.) (이게 다 대본에 들어 있었다니까.) 결국, 그녀는 자신의 유일한 피난처인 수도원에 돌아가기로 결심하고는 수녀원 친구에게 편지를 쓴 거야. 그런데 "세상에, 우리는 생각이 많이 달라. 나의 밥그릇과 딱딱한 매트를 준비해 줘. 곧 수도원에 돌아갈 계획이야."라고 쓰는 대신에 "오, 나의 자매여……. 내가 그를 버렸어……. 오, 가여운…… 내가 어떻게 그런 짓을 한 건지……. 그를 위해 기도해 줘…… 왜냐하면…… 흑흑흑…… 그가 잘 견뎌 낼 수 있을지 모르겠어. 이 난관을 극복해 낼 수 있을지."라고 썼던 거야.

첫, 그렇게 못할 것도 없잖아? 수녀원에 도착했을 때 환한 웃음과 꽃다발이 기다리고 있었으면 했을 테니. 그런데 운도 없지, 페르디캉이 이 편지를 중간에서 가로챈 거야. (이건 정말 말도 안 돼. 너도 그렇게 생각하지?) 페르디캉은 그녀가 상상의 나래를 펴서 온갖 거짓말을 하고 있다는 걸 깨달은 거야. 그래서 카미유를 벌주려고 로제트를 끌어들이기로 마음먹은 거지. 성곽 근처에서 거위를 치는 가여운 로제트는 하필 최악의 순간에 그곳을 지나간 거고.

카미유는 페르디캉과 로제트가 다정하게 웃고 있는 걸 보고는 그만 얼굴이 벌겋게 달아올랐지. 그때 자신이 그를 진심으로 사랑하고 있다는 사실을 깨달았어. 그래서 바보짓을 그만둬야겠다고 마음먹었는데, 어쩐 일인지 자신을 제어하지 못하고 한발 더 나갔던 거야. 결국 페르디캉은 수녀원과 자기를 두고 방황한 카미유의 태도에 지쳐서 로제트와 결혼하는 척했고. (지금도 프랭크와 나는 이 점에 대해 계속 논쟁 중이야.)

그제야 카미유는 묵주와 자존심 모두를 내려놓고는 무너져 버렸지.

아! 멋지지 않니! 3막 내내 온갖 일을 벌이더니 둘은 드디어

뜨겁게 포옹했어. 그런데 문제는 운도 지지리 없는 우리의 로제
트가 근방에 있다가 이 둘의 대화를 다 엿들은 거지. 결국 그녀
는 절망에 몸부림치며 스스로 목숨을 끊어 버린 거고. 그 다음
은 어찌 되었는지 잘 알지?

그렇다니까…….

짝짝짝!

사랑을 가지고 장난치지 말았어야 했어. 바보 천치들…….

그들은 모든 걸 갖고 있었지. 젊음과 건강, 돈과 미모, 친절한
아버지, 그리고 서로를 사랑하는 마음까지, 모든 걸…….그런
데도 몽땅 다 날려 버렸지. 지나가는 불쌍한 한 여자를 죽음으
로 몰아갔던 거야. 변덕 때문에…… 이기심 때문에……. 그저
분수 가까이서 속닥거리면서 부채로 코를 톡톡 건드리면서 상
대를 유혹하는 즐거움을 위해서 말이야.

역겨운 일이지.

b) (이제 프랭크가 어떻게 이 연극을 이해했는지 얘기해 볼
게). 카미유는 페르디캉을 사랑했어. 순수한 사랑이었지. 그녀
는 그를 깊이 사랑했던 거야. 그가 그녀를 사랑했던 것보다 더,
그리고 앞으로 그녀를 사랑할 것보다 훨씬 더 많이.

그건 누구보다 그녀 자신이 잘 알고 있었어. 왜냐하면 사랑에

관한한 그녀는 그보다 훨씬 폭넓은 유형들을 알고 있었으니까. 아무리 곧고 힘차게 뻗은 그의 거시기까지 다 합쳐도 그녀의 사랑을 따라가진 못할 거야.

어떻게 그랬냐고? 그녀는 수녀원에서 진정한 사랑, 위대한 사랑, 순수한 사랑을 만났거든. 신은 결코 실망시키는 법이 없고, 연예인들의 사생활을 다루는 사이트나 변호사들에게 돈을 벌어 주는 그런 섹스 스캔들 같은 것과는 전혀 상관이 없으니 말이야.

그래. 그녀는 은총을 입었고, 이 땅에서 영원한 사랑의 하느님을 섬기기 위해 자신의 행복을 희생할 준비까지 되어 있었지.

다시 말해, 그녀는 삼촌에게 인사만 드리려고 왔던 거야. 뭔가 받을 게 있었을 수도 있고, (그녀의 엄마가 물려준 유산이었나? 잘 기억나지 않지만…….) 그런데 비록 사촌 디디가 바람둥이에, 멍청하고, 한낱 유한자였지만 그녀에게 강한 인상을 남겼던 거지.

카미유는 악마의 유혹에 홀려 제정신이 아니었어.

쳇, 그녀가 팜므파탈처럼 성녀 행세를 하면서 위선 가득한 편지를 쓴 건 맞아. 하지만 첫째, 그가 그 편지를 읽지 말았어야 했고, 둘째, 불쌍한 로제트를 끌어들이기보다 카미유에게 직접 얘기를 해야 했지. 로제트가 아무리 그곳을 우연히 지나가고 있었다 해도, 영혼과 심장도 있고, 눈물도 있는 여자인데……. 거위랑 칠면조도 있지만…….

오, 이런 복수는 너무 비열해. 하지만 그를 사랑하니 어쩌겠어. 게다가 그녀는 사랑에 모든 걸 다 걸지. 사랑의 대상이 신이든 비겁한 남자든, 사랑할 때는 계산하는 법이 없거든. 몽땅 다 주는 거야. 그녀가 초조한 얼굴로 한결같은 사랑이나 꺼져 가는 열정, 죽음 등에 대해 불안해하는 것은 그것을 그에게 각인시키려던 게 아니라 자기를 안심시켜 달라고 애원하는 표시였던 거야.

실패!

그녀는 그보다 천 배는 더 성숙했지. 그런데 정작 그는 이성적 사고보다는 소시지 거시기(그 시대에는 이걸 뭐라고 했을까? 두 개의 방울 솔이 달린 미늘창*)의 지배를 받았기 때문에 그녀가 쏟아 낸 말들을 하나도 알아채지 못하고는, 그녀를 늙은 수녀들에게 세뇌당한 불쌍하고 냉정한 소녀 정도로 여겼던 거지.

한 마디로 그는 하자가 많은 채 배달된 리틀 남작이었어.

하지만 숭고한 카미유는 사랑의 이름으로 닥치는 대로 먹어 치운 거야. 그대로 믿어 버린 거지.

그래. 그녀는 페르디캉에 대한 사랑에 눈이 멀어, 닥치는 대로 사랑할 자세를 취했던 거야. 품위가 느껴지지? 안 그래? 카

---

* 14~17세기에 사용한 도끼를 겸한 창

미유는 그런 여자였던 거야. 평소 그녀의 곧은 성품과 신념에 비춰 볼 때 그야말로 미친 짓이었지. 사람들은 그녀가 차가운 여자라고 여기지만 전혀 아니야. 그야말로 불덩이야……. 그것도 활활 타오르는…….

그녀는 미친 사랑을 했고 그래서 그렇게도 쉽게 상처를 받았던 거야. 물론 그래서 그녀가 더 아름답긴 했지만…….

그녀 같은 여자는 세기에 한 명 나올까 말까 하지. 대부분 그들의 삶은 불행으로 끝나기 마련이지만.

전압의 문제라고 해야 할까…….

카미유 같은 여자들은 시중에서 구할 수 있는 전기 소켓으로 치면 너무 강렬해서 아무리 적응하려 해도 소용이 없는 것과 같아. 왜냐하면 불을 켤 때마다 그대로 합선되어 버리니까.

물론 전기가 들어오면 다들 '와……' 하고 감탄을 하지. 그러면서 조용한 일상으로 돌아가. 하지만 그녀에게 그건 죽음을 의미해. 완전히 불에 타 버리는 거야. 그녀를 흔들면 내면에서 쨍그랑하고 깨진 소리를 내기 때문에 바로 쓰레기통에 던져 버리는 전기 소켓 신세랑 같아.

그런데 카미유는 원래 그런 여자였을까? 아니면 수녀원에서 마약 같은 엉터리 충고를 너무 마신 걸까?

그녀는 작은 그릇에 잘 담겨진 행복에 만족하기에는 너무 커다란 심장을 가지고 태어난 건 아닐까. 아니면 낡은 의자 옆에 던져 놓은 늙은 페르디캉의 더러운 양말처럼 그녀의 가슴 속 용암 덩어리가 차갑게 식어 버린 걸까.

결혼 20주년이 되는 날, 그녀의 얼굴을 자세히 살펴보면 알 수 있겠지. 그런데 이미 게임은 끝났으니⋯⋯. 멍청한 파파보이가 불장난을 너무 많이 하는 바람에 가여운 우리의 로제트는 하루 종일 비둘기마냥 사랑의 세레나데를 웅얼거리고, 아무 짝에도 쓸모없는 이 두 놈팡이들 사이에서 뜨거운 감자 역할만 하다 역겨워하며 무대 뒤편에서 자살을 하고 말았던 거야.

아, 젠장! 이런 건 진짜 저질에다 분위기까지 망친다. 어이! 음식 배달시킨 건 취소하고, 처리할 것도 많은데 장의사나 불러⋯⋯.

아듀, 정부여! 선서, 결혼, 피리 소리여, 탬버린 장단이여, 모두 아듀! 이제 연극은 끝났고, 관객들은 자리에서 일어난다. 욕지기가 올라오는 것을 겨우 참으면서.

프랭크식 관찰의 결론부터 말하자면, 카미유의 사랑에 대한 목마름이나 로제트의 자살이나 둘 다 똑같은 투쟁이었다. 사랑은 전부이거나 제로라는 거지⋯⋯.

그렇기에 사랑을 가지고 장난치지 말아야 한다고.

그게,

전부야.

*

이제 우리도 허튼짓에서 벗어날 시간이 되었다.

게다가 프랭크가 고백하길 작가가 사랑의 아픔을 겪고 난 뒤, 자신을 버리고 떠난 여자에게 자기가 얼마나 심각한 상처를 입었는지 보여 주기 위해 이 희곡을 쓴 거라고 했다. 이 모든 바보 같은 짓보다 프랭크가 작가에 대해 들려준 얘기가 나를 더 불편하게 만들었다.

왠지 뭔가 훈계하려는 의도와 마음속에 감춰 둔 복수를 표현하는 방식이 마음에 들지 않았다. 모자라는 머리로 반박하기 어려워서 굳이 주장하진 않았지만 속으로는 이렇게 생각했다. 뮈세라는 시인이 꿍꿍이가 있는 게 분명하다고. 카미유를 이용해 자기 욕심을 채운 거라고. 정작 신의 사랑에는 아무 관심도 없으면서……

굳이 내 생각을 주장하지 않았다. 예술과 섹스를 혼동하면 안 된다고 생각하는 프랭크가 내 말을 듣고 무시할 것 같았으니까. 나야 뭐 프랑스어 점수가 20점 만점에 4점 밖에 안 되니 입을 꾹 다물 수밖에. 하지만 뮈세를 버린 여자에 관한 한 5점 만점에

5점을 받을 만큼 완벽히 파악했다.

그렇다니까. 정말…… 그 시인이란 자가 분명치가 않았다니까…….

자, 어쨌든 우리는 단호하게 서로의 의견을 얘기했다. 프랭크가 시계를 보지 않았으면 계속 했을지도.

젠장. 그가 시계를 보았고, 저녁 식사 시간에 맞춰 가야 한다며 서둘러 집으로 돌아갔다. (우리 집은 그런 시간이라는 게…… 그게…… 훨씬 더 느슨하다…….)

('젠장'이라고 말하면서 엄마의 스케줄을 방해할까 봐 걱정하는 소년이라……. 너무 낯설었다. 모든 게 다 이상했다. 모든 게……. 사실, 나는 여주인공 역보다 더 많은 걸 배웠다. 내가 배운 건 바로…… 문화였다…….) (그런데 거꾸로 된 문화였다.) (…… 마치 야만인이 코에는 동물 뼈를 끼고, 허리춤엔 바나나 껍질로 만든 가리개를 두른 채 몰래 숨어서 백인들을 관찰하는 기분이랄까.)

프랭크는 방금 시계를 들여다보았고, 내가 좀 전에 말한 중요한 순간이 이제 막 시작되고 있었다. 그건 바로 그의 할머니 클로딘느 집에서 그의 집까지 걸어가는 길에 둘이 나눈 대화의 시간이었다.

내게는 매우 중요한 대화인데, 계속 땜질하듯 간접화법으로 보고하는 것보다 곧바로 직접화법으로 옮기는 게 좋을 것 같다. 알프레드 방식으로.

딱딱딱! (연극 시작 전에…… 막대기로 치는 소리)

부웅……. (커튼이 올라간다)

쿵, 크응, 쿨럭…… 쿨럭쿨럭. (늙은이가 기침하고 코를 푸는 소리)

랄라라라라라라라……. (경음악)

길에서.

프랭크와 빌리가 조잘대며 걸어간다.

빌리: 그런데, 카미유 역은 네가 맡았으면 해.

프랭크: (마치 장딴지를 한 대 맞은 것처럼 놀라면서) 무슨 소리야?

빌리: (그의 장딴지 따위는 아랑곳하지 않고) 그게 그러니까……, 왜냐하면 너는 그녀를 존중하잖아! 나도 그녀가 되고 싶지만 감이 잘 안 와. 너무 잘난 척하는 것 같고. 어…… 대사 외우는 게 힘들어서 그런 건 절대 아니야. 알았지? 그냥 페르디캉이 더 마

음에 들어서 그래.

　침묵.

　프랭크: (마담 기에의 말투로) 너한테 카미유가 되라는 건 아니
야, 그녀의 역을 연기하라는 거지……
　빌리: (빌리의 말투로) 그래, 잘 해내야 하니까 그렇게 하자. 연
기야 물론 그냥 하면 되지. 그런데 난 페르디캉 역을 하고 싶어.
어느 날 우리가 더 이상 사랑하지 않게 되면 그때는 각각 애인
을 두자고. 네 머리칼이 잿빛으로 물들고, 내 머리칼이 백발이
될 때까지, 라고 말하는 게 더 재미있거든…….

　침묵.

　프랭크: 그건 아니지.
　빌리: 뭐가 아니라는 거야?
　프랭크: 별로 좋은 생각이 아니라고…….
　빌리: 왜?
　프랭크: 선생님이 우리한테 이미 역할을 정해 줬거든. 그러니
그대로 하자.

빌리: 그런데 선생님은 별로 신경도 안 쓸걸. 안 그래? 누가 어떤 역을 맡는 게 중요한 게 아니라 어떤 무대를 보여 주느냐가 더 중요하지.

침묵.

프랭크: 그건 아니지…….

빌리 : 왜?

프랭크: 왜냐하면 남자는 남자 역을 맡고, 여자는 여자 역을 맡고. 그게 얼마나 간단해. 자!

빌리: (그녀는 학교에서는 형편없어도 일상에서는 스스로를 꽤 방어할 줄 알고, 공기보다 더 민감한 그곳을 만지면 빨리 반응하고……. 또 분위기를 부드럽게 하려고 농담을 건넬 줄 안다.) 카미유가 되라는 게 아니라 그녀를 연기하라는 거야!

프랭크: (아무 말 없이 가만히 미소 짓는다. 그러면서 집시촌 출신의 엉뚱한 이 여자아이를 무척 재미있어 한다. 그러면서 그녀의 머리가 말끔하게 빗겨져 있다는 걸 깨닫는다. 그리고 일 년 내내 입고 다니는 끔찍한 보온용 운동복 차림이 아니라는 걸 깨닫는다.)

침묵.

빌리: 좋아. 그렇게 하기 싫다는 거지?

프랭크: 응. 그러고 싶지 않아.

빌리: 이런 말을 진심을 다해 말하고 싶지 않아서 그런 거지. "당신이 사랑이 뭔지 알아? 여자들에게 잘 보이려고 허구헌 날 양탄자에 무릎을 꿇기나 했던 당신이 말이야."

프랭크: (미소 지으며) 아니⋯⋯.

빌리: "나는 사랑하고 싶어. 고통받고 싶지 않아! 영원한 사랑을 하고 싶어!"라고 사람들 앞에서 외치고 싶지 않아서 그런 거지?

프랭크: (웃으며) 아니.

빌리: (정말 혼란스러워하면서) 그런데 지금 두 시간째 그 반대 얘기를 하고 있잖아. 두 시간째 내게 그녀가 옳다는 걸 설득하려고 했잖아. 그녀에 비하면 그는 볼품없는 망나니라고. 사랑은 너무도 아름답다고. 그러니 사랑을 가지고 장난치면 안 된다고⋯⋯.

프랭크: (그는 빌리가 정말로 당황하고 있다는 걸 보며 그 역시 당황한다. 하지만 하늘을 향해 두 팔을 들어 올리며 걸음을 재촉한다.) 이건 그냥 연극일 뿐이야! 연기라고! 우리가 뭐 판사나 직업 상담 선생님 앞에 있는 건 아니라고. 연극이야, 빌리! 그냥 기분 전환을 위한 거야!

빌리: (곧바로 대답하지 않고, 어떻게 말할지 몰라 주춤한다. 자기가 맡은 역이 어떤 것인지 잘 이해하진 못하지만 짐작해 본다. 자신이 정말 연기해야 하는 역할은 바로 지금의 자신이라고. 나머지들 — 카미유, 로제트, 페르디캉, 신, 뮈세, 기에 선생님, 낭만주의, 로맨틱한 삶. 로맨틱한 연극, 같은 반 멍청이들, 썩은 내 나는 낙서들, 끝내주는 비밀 이야기들, 가까이 가면 냄새가 난다며 물러서는 여자아이들, 모욕들, 소문들, 바람에 흩어지는 가래침, 그가 한 발 물러서면 그에게 다가가는 남자아이들, 작년 미술반 선생님의 이야기, 누구도 잊어버리지 못할 역겨운 말들, 학교 졸업장, 졸업, 공장으로 난 출구, 문 닫은 상점들, 팔려고 내놓은 집들, 전망 없는 미래, 희망 없는 미래, 이미 다 작성해 놓은 실업 수당 청구서, 늘 켜 있는 TV — 이 모든 것들은 지금 그녀를 당황하게 만드는 것에 비하면 아무것도 아니다. 그러니 그녀는 입을 다물고, 지금까지 자신에게 전달된 온갖 더러운 똥물 같은 삶을 모두 끌어 모은다. 그것은 그녀가 집시들 곁에서 보고, 경험하고, 견디고, 들은 것들이다. 신념도, 법도, 긍지심도, 도덕 관념도 없고, 아무것도 없는 그들이 인류에 대해 알게 해준 전부이다. 난폭하고, 어리석고, 알코올 중독에 시달리고, 사납고, 여기저기 떠돌아다니며 아이를 만들고도 전혀 책임지려 하지 않는 그들, 게다가 그 아이들에게 가르치는 거라고는 이제 막 비운 맥주 깡통 안에 어떻게 소변을 보고, 막 태어난 고양이 새끼를 소총으로 어떻게 갈기는지, 혹은 시청에서 보내온 겨우

알아볼 수 있는 편지들로 어떻게 밑을 닦아야 하는지 등일 뿐이다. 어린아이들 앞에서 줄담배를 피워 대고, 담뱃재를 아이들 공책에 떨어트리고, 이런저런 이유로 뺨을 때리고, 책임도 지지 않을 아이들을 또 만들기 위해 섹스를 할 때면 불도 피지 않은 싸늘한 카라반에 혼자 잠들도록 내버려 둔다…….)

프랭크: (걱정스런 얼굴로) 왜 아무 말이 없어? 화났어?

빌리: (머릿속이 잘 정리되진 않았지만 어쩔 수 없다. 그래도 앞으로 돌진이다. 늘 그랬듯이, 때로는 그때 그때 상황에 맞게…….) 아니, 그게 그냥……. 네가 잘 이해가 안 돼서 그래. 이건 너한테 하는 말은 아니야. 지금 '너' 라고는 말해도 진짜는 널 얘기하는 게 아니라…… 그게……, 너를 넘어선 어떤 거야. 누구에게나 적용할 수 있는 말인데……, 살면서 우리가 생각하는 것을 그대로 말할 수 있는 경우는 그리 많지 않아. 게다가 제대로 말할 수 있는 경우는 더 드물 테지……. 이미 세상에 존재하는 말들로 자신의 생각을 표현하고, 다른 사람이 만들어 낸 인물의 대사를 통해 우리 스스로 중요하게 생각하는 것들을 드러내는 것도 쉽지 않지. 자신이 어떤 사람인지, 혹은 어떤 사람이 되고 싶은지 말하는 것 역시 어려운 일이야. 만일 그렇게 아름다운 문장들이 존재하지 않았다면 제대로 표현하지 못할 거야…….

프랭크: (?!?!)

빌리: 그런데…… 그런 표정 짓지 마. 내가 그런 말들 모른다는 건 너도 잘 알잖아. 그러니 나처럼 바보인 척하지 마. 내가 하고 싶은 말은, 네 안에는 네가 살아가도록 돕고, 이미 네 이전에 존재했고, 후에도 존재할 거라서 죽을 때까지 네게 숨을 쉬게 해주고, 영감을 주는 그런 어떤 것이 있잖아. 그래, 꽥 소리가 날 정도로 힘들 때 너에 대해 말을 하고, 널 절대 배신하지 않을 뭔가가 있다는 거. 그게…… 그러니 너한테 거시기가 무슨 쓸모가 있겠어?

프랭크: 뭐라고?

빌리: 다 알아들었으면서. 거시기 말고 뭐라고 해줄까? 좆? 씹? 젖통?

프랭크: ??

빌리: 오, 나하고 싸우자는 거야 뭐야? 내가 무슨 말을 하는지 모르는 거야? 아니면 그냥 이해하지 않길 바라는 거야? 여자아이, 남자아이 같은 건 아기 방 색깔이나 옷, 장난감을 고를 때, 아님 머리 모양이나 보고 싶은 영화를 고를 때나 관계 있는 거지. 여자나 남자가 되는 것들은 다르잖아. 하지만 그게…… 감정은…… 네가 느끼는 것, 네가 생각하기도 전에 뱃속에서 바로 치고 올라오는 것, 그러고 나면 어쩔 수 없이 네 삶이 영향을 받을 수밖에 없는 것, 네가 다른 사람들과 어떤 관계를 맺는지, 네

가 누구를 사랑하는지, 어디까지 타격을 받을 준비가 되어 있는지, 용서하고, 싸우고, 고통을 당할 준비가 되어 있는지, 이 모든 것이 솔직히 네 해부학적 생김새하고 무슨 관계가 있는 건지 알 수 없다니까…… 네게 묻고 싶은데…… 만일 네가 카미유와 한 팀이라면, 그녀의 역을 연기하기 위해 남자가 되는 게 무슨 상관 있겠어. 게다가 프랑스 아카데미에서 연기하는 것도 아니고, 그저 허섭한 도시의 허섭한 학교, 허섭한 교실에서 연기하는 건데, 안 그래? 아무러면 어때? 카미유의 대사를 크게 외친다고 전혀 위험하지 않잖아. 오히려 안전하지. 카미유 그 여자는…… 몸집도 크고 강인하잖아! 게다가 생각나는 대로 내뱉고 심지어 자기 원칙에 맞는 삶을 살려고 목숨까지 버릴 준비까지 되어 있는 여자니! 지금까지 카미유 같은 여자 만나 본 적 있어? 난 없어. 그러니 사랑을 가지고 장난치지 말자고. 오케이? 그 대신 나머지는 얼마든지 장난쳐도 된다고 날 좀 안심시켜 줘, 응? 아니면 다들 수도원에나 가면 되는 거고, 그러면 간단하게 해결될 테니! 아니, 그런데 솔직히 이 모든 게 화가 난다니까! 이런 허튼짓들 때문에 화가 난다고! 지겨워! 여자니 남자니 하는 네 변명도……. 말이 나왔으니 말인데……, 그건 다 쓰레기야! 단 한순간도 먹히지 않는다고. 그러니 다른 거나 찾아봐.

침묵

또 침묵

언제나 침묵

프랭크: 프랑스 아카데미가 아니라, 프랑스 희곡이야⋯⋯.

빌리: (그녀가 해야 할 그렇게 중요한 말을 그렇게 서투르게, 멀리서 찾아 헤매야 한다는 사실에 더 화가 나서) 그건 내 알 바 아니고.

침묵

프랭크: 빌리, 네가 왜 꼭 카미유 역을 맡아야 하는지 알아?

빌리: 아니.

프랭크: (얼굴이 환해지면서 그녀 쪽으로 돌아서며) 왜냐하면 한순간, 페르디캉이 그녀를 향해 돌아서서 감동한 얼굴로 "아, 카미유, 네 눈이 반짝일 때면 네가 얼마나 아름다운지!"라고 말하고 싶기 때문이야.

대화는 거기서 멈췄다. 첫째, 그의 집 앞에 도착했고, 둘째, 카미유야 칭찬 따위는 관심도 없다면서 꺼지라고 했지만⋯⋯ 나는 달랐다. 그런 칭찬은 난생처음 들었기에⋯⋯ 어떻게 받아

들여야 할지 몰랐다. 정말로……. 어찌해야 할지 몰랐다. 그래서 아무렇지도 않은 듯, 아무 말도 듣지 않은 척했다. 이어 *그*가 턱으로 집을 가리키며 말했다.

"잠시…… 네게 같이 들어가지 않겠느냐고 묻고 싶지만……."

나는 아니…… 아니야, 라고 대답하려고 하는데, 그가 내 말을 잘랐다.

"……그런데 안 그럴 거야. 왜냐하면 저 안에 있는 사람들은 널 맞이할 자격이 없거든."

아, 이건 페르디캉의 온갖 허풍들과는 전혀 다른 차원의 말이었다. 인디언들이 혈관을 열어 서로의 피를 나누는 의식과도 같았다. 다시 말해 이런 의미였다.

글도 더듬거리며 읽고, 거칠기만 한 나의 꼬마 빌리야, 네가 조금 전 한 말 잘 알아들었어. 우린 멋진 한 팀이야. 자, 이게 다야.

랄랄랄라, 다시 처음으로 랄랄랄라…….

꼬마별아, 프랭크가 옳았어. 아니, 옳을 수밖에 없었어. 왠지 알아?

무엇보다 그는 멋진 배우지만 난 그렇지 않기 때문이었어. 아무리 그의 충고대로 해보려고 해도 소용이 없었지. 그처럼 우아하게 팔과 손을 움직일 수도 없었고, 목소리를 예쁘게 포장할 수도 없었어. 대사에 감정이 실리지도 않았고. 그러다 거칠게 들이대는 섹스처럼 어느 순간, 완벽하게 카미유로 변신할 수 있었지. 나는 워낙 그런 아이였어.

카미유 역시, 나처럼 심한 압박에 시달렸고, 의심도 많았고, 클로딘느 할머니가 만들어 준 감자 포대 같은 드레스를 입고 숨 막혀 했던 나처럼 꽉 막혀 있었으니까.

반면, 프랭크는 멋진 페르디캉이었지. (여기서 내가 '멋진' 이라고 표현할 땐 날 믿어도 좋아. 지금까지 딱 두 번 이 말을 했는데, 처음은 꼬마별, 너와 네 친구들 얘기를 할 때 그렇게 말했지.) 그래…… 그땐 정말 멋졌거든…… 부드럽고, 친절하고, 그러면서도 잔인하고, 우울하고, 웃음을 주고, 사납고, 허풍쟁이인 데다 자신감이 넘치고, 연약하고, 불안에 떠는 페르디캉을 연기할 줄 알았어. 그러면서도 클로딘느 할머니가 조부의 근위대 군복을 가지고 만들어 준 의상을 입은 그는 어딘가 긴장한 얼굴을 하고 있었지. 여우 머리 모양의 단추는 황금 주화처럼 반짝반짝 윤이 났고, 외투 길이도 프랭크의 몸에 딱 맞았고. 그리고 내가 준 두 가지 맛의 말라바르 껌도 있었으니까.

좀 더 설명해 보자. 프랭크가 첫날, 내게 읽어 준 그 유명한 마지막 장면인 '갈보와 잡놈' 얘기는 다들 기다리는 대목이었는데, 대사 중간에 페르디캉이 카미유에게 이렇게 말하는 부분이 있다. 분노가 한꺼번에 터지면 그녀가 움츠러들까 봐 조심스럽게 이를 꽉 깨물고 이렇게 외친다.

'이 세상은 끝이 보이지 않는 시궁창이야. 진흙 더미 위로 볼썽사나운 바다표범들이 몸을 비비 틀면서 기어 다니는 시궁창일 뿐.' 이라고.

이 부분을 연습한 건 우리가 2주째 매일 만나던 무렵이었다.

그때는 이미 둘 다 프랭크와 빌리로든, 카미유와 페르디캉으로든 많은 얘기들을 나누면서 서로에 대해 잘 알게 되었고, 평생을 함께 갈 친구가 되어 있었다.

그래선지 그가 그 대목에서 왠지 불편해한다는 걸 바로 느낄 수 있었다. 나름 짐작이 가는 것도 있었지만.

그게…… 그가 형편없는 내 연기에 실망하고 있는 줄 알았다.

그래서 그에게 할 말이 있으면 다 토해 내라고 했다. 미적거리지 말고 한 번에 끝내자고 했다.

"자, 어서. 얼마든지 뱉어 봐. 다 들어줄 테니."

그는 대본을 작은 곤봉처럼 둘둘 말아 쥐고는 한숨을 내쉬었다. 이어 눈썹을 찡그리고 나를 바라보며 중얼거렸다.

"이 부분이 이 연극에서 제일 멋진 단락이 아닐까 해. 아니, 어쩌면 가장 아름다운 대사일지도 몰라. 그런데 내가 읊으면 망칠 거야."

"어…… 왜?"

"왜냐하면……."

그는 고개를 다른 쪽으로 돌리고 말했다.

"내가 '바다표범'*을 발음하면 다들 낄낄거릴 테니까. 페르디

* 바다표범이라는 뜻의 Phoque는 의 프랑스어 발음상 영어의 'Fuck you'와 비슷하게 들린다.

캉은 사라지고, 게이인 프랭크 뮈뮈만 도드라질 거야."

너무 뜻밖이어서(조금도 나약함을 드러내지 않던 프랭크였는데, 꼬마별아. 이번 사건만 해도, 그가 의식을 잃은 건 자신이 고통받고 있다는 걸 보이고 싶지 않아서였거든.) 나는 곧바로 대답하지 않았다.

주위가 조용해질 때까지 기다렸다. 기다리고 또 기다렸다……. 첫 번째 침묵의 천사가 지나가고, 이어 두 번째 천사가 지나갔다……. 세 번째 침묵의 천사가 마침내 내게 엄지를 치켜세우며 지나갔다. 그때서야 나는 그의 허리를 곧추세우고 그의 눈을 바라보았다.[*]

"그렇지 않아. 네가 잘못 생각한 거야. 진짜야. 원하면 뭐든지 걸고 내기해도 좋아."

그가 아무 반응이 없자 나는 다시 진심을 다해 말했다.

"오, 프랭크…… 내 말 듣고 있어? 다시 한 번 내 눈을 봐. 제발. 아무도 널 비웃지 않을 거야. 두 가지 맛이 나는 말라바르 추잉껌을 걸고 맹세할 수 있어."

---

[*] '주위가 순간 숨 막힐 듯 조용해지다'라는 의미를 프랑스어로는 '천사가 지나간다'라고 표현한다.

젠장, 물론 아무 문제없이 내가 내기에서 이겼다. 그것도 아주 쉽게. 어…… 눈물이 나네…… 또 눈물이 나…… 미안…… 미안…… 추워서 그래. 배가 고파서 그래. 피곤해서 그런 거야…… 미안. 내가 칭얼대는 건 그가 나한테 말라바르 한 개는 어림없고, 1킬로, 아니, 콘테이너 한 짝, 아니지 트럭 절반 분량은 안겨 줬어야 했기 때문이다. 그렇다. 그가 나를 믿어 줄 용기가 있었다면 말라바르를 산더미만큼 쏟아붓고 그 아래 나를 파묻었어야 했다.

*

　우리가 연기할 부분은 희곡의 마지막 장이었다. 마담 기에 선생님이 5분 동안 무대 뒤편에서 의상을 갈아입으라고 했다. 우리가 무대 위에 올랐을 때, 나는 몸 전체를 황마 천으로만 감싸고 있었고, 목에는 십자가를 걸고 있었다. 그리고 그는 밭일 할 때 신는 장화에다 몸에 딱 맞게 재단한 고급스런 외투를 입고 있었는데, 유난히 황금빛 단추가 반짝거렸다. 우리가 등장했을 때 바람은 이미 우리 쪽으로 유리하게 불고 있었다. 그렇다. 우리를 향해 끊임없이 쑥덕거리던 수근거림과 습한 기운이 잦아지는 걸 느꼈다.

관객은 이미 우리 편이었다. 우리는 되세김? 되새김? (맞춤법이 까다로우니…… 쉬운 말로 바꿔야겠다. 안 그러면서 내가 너무 초라해 보일 테니…….) 어쨌든 우리는 클로딘느 할머니네 비좁은 부엌에서 죽도록 암기했던 대본을 그대로 읊었다. 아니, 그때보다 훨씬 더 훌륭하게 해냈다. 나는 카미유의 두려움을 그대로 느낄 수 있었고, 프랭크도 자신으로부터 온전히 해방될 수 있었다. 우리는 제비뽑기 순서 같은 건 까맣게 잊은 채, 2막 5장 끝까지 모두 연기했다. 우리가 맡은 부분을 훨씬 넘겨서…….

신사는 몇 번이나 사랑할 수 있죠?

만일 마을 성당의 신부님이 귓속말로 당신이 나를 평생 사랑할 거라고 했다고 하면 그 말을 믿어야 하나요?

페르디캉! 고개를 들어요. 아무것도 믿지 않는 사람은 어떤 사람이죠?

당신은 젊은 청년답게 외로운 여인들 얘기를 들으며 미소를 짓는군요.

당신의 사랑은 금화 한 닢과 같은 건가요? 죽을 때까지 한 손에서 다른 손으로 건네지는 그런 금화 말이에요?

아니에요. 금화조차도 아니죠. 가장 얇은 금화도 당신보다는 나을 거예요. 적어도 금화는 누구의 손에 건네진다 해도 거기에 새겨진 초상은 변하지 않을 테니까요.

자, 이 대목이 내가 맡은 부분인데, 지금까지도 기억이 나. 꼬마별아, 두려움의 파편들, 아니, 희미해져가는 카미유에 대한 기억을 이 밤에 널 위해 다시 읊조려 볼게.

신사는 몇 번이나 사랑할 수 있죠?
페르디캉. 고개를 들어요.
당신의 사랑은 금화 한 닢과 같은 건가요?

정말 아름답지? 안 그래?
오늘밤, 내가 살아온 날들을 돌아보니, 나는 늘 그를 사랑했고, 그러면서도 언제나 마지막이라고 중얼거리며 그를 떠났고, 눈물을 흘렸고, 고통스러워했고, 그를 고통 속으로 몰아넣었고, 또다시 시작했다. 앞으로도 다시 시작하겠지만, 오늘에서야 가엾고 작은 소녀를 이해할 수 있을 것 같다.

그 당시 나는 전쟁 같은 삶에 치여서 카미유란 존재를 몹시 거추장스러워했는데, 오늘 다시 돌아보니 그녀는 '가엾은 고아'였다.

나처럼…… . 사랑에 굶주린 고아…… . 그래. 지금이라면 좀 더 따뜻한 연민의 마음을 가지고 연기했을 텐데…… .

프랭크의 연기에 대한 반응은 한 마디로 자크 프레베르 중학교, C건물, 204호 교실에 불을 지른 듯 폭발적이었다. 어느 해였는지는 기억나지 않지만 4월 목요일 아침 둘째 수업 시간이었다.

소방서장의 출동 명령이 떨어졌다. 불이야!

그는 내 주위를 서성거렸고, 폴짝거리며 뛰어다녔고, 짓궂게 장난을 걸며 맴돌았다. 교단을 우물가 돌멩이 삼아 걸터앉기도 했고, 의자를 번쩍 들었다가 세게 내려놓기도 했다. 칠판에 기댔다가, 분필을 집어 장난도 치고, 사전을 꽂아 놓은 책장과 비상 출구 사이에 숨어 있는 내 그림자를 향해 말을 걸고, 교실 맨 앞줄에 앉아 있는 아이들에게 달려가 그들이 증인이라도 되는 양 말을 걸었다. 그는…….

그는 호탕한 바람둥인가 하면 철부지 아이로 변신했다가 어느샌가 파리 창녀들과 놀아나는 지방의 갑부 귀족의 자녀가 되었고, 바보 얼간이처럼 허약하고 섬세한 청년으로 돌변하기도 했다.

무엇보다 그는 사랑에 빠져 있었고…… 잘난 체하고…… 허풍쟁이에다 자신만만해하는…… 그리고…… 어쩌면 상처 입은…….

그래…… 죽도록 상처 입은 그런…….

지금 와서 내게 다시 묻는다. 어쩌면 프랭크처럼 페르디캉도 자신의 상처를 내보이지 못해 고통스러워했던 건 아닐까.

　요약하자면, 지금까지 장황하게 서두를 꺼낸 것도 모두 이 얘기를 하고 싶어서였다. 나는 카미유가 되어 연기했다. 그런데 그녀의 순수함을 연기하기보다 나의 모든 관심은 말라바르 추잉껌 내기를 한 그 단어에 쏠려 있었다. 드디어 그 대목에 이르렀을 때 그를 그렇게도 불안하게 만들었던 그 단어가 고삐 풀린 말처럼 거침없이 터져 나왔다. (스쿠터와 관련해서 '고삐 풀리다'란 말을 사용하는데…… 스쿠터의 속도를 시속 4킬로미터 올리고, 굉음을 내게 하려면 '고삐를 풀어 주면' 된다.) 정작 카미유는 거기에 별 관심 없이 흘려들었겠지만 나는 달랐다. 나는 알고 있었다. 그가 그 대사를 읊을 때 얼마나 고통스러워했는지……. 그랬다. 그는 마치 도망칠 준비가 다 되어 있는 사람처럼, 한 손으로 교실 문고리를 붙들고, 내 눈을 똑바로 쳐다보면서 그대로 다 쏟아 냈다. (꼬마별아, 틀린 부분도 있을 테니 미리 사과할게. 오래 가슴에 두고 있었는데, 분명히 한두 군데는 빠트렸을 거야.)

　"아듀, 카미유. 수도원으로 돌아가. 수녀들이 또다시 그 끔찍한 말들로 너를 짓누르려고 하면 이렇게 대답해. 세상의 모든 남자는 거짓말쟁이에 바람둥이, 가식적이며 수다스럽고 위선적이야. 자만심으로 똘똘 뭉친 주제에 여자까지 밝히고, 불쌍할 정도로 비겁하다고. 그리고 세상의 모든 여자는 믿을 수 없고, 허영심에 부풀어 있고, 거짓말쟁이에 호기심만 가득하고, 타락했다고 되받아 주렴. 이 세상은 끝이 보이지 않는 시궁창일 뿐이라고. 진흙 더미 위로 볼썽사나운 바다표범들이 몸을 비비 틀면서 기어 다니는 진창이야. 하지만 이런 세상에도 신성하고 숭고한 것이 하나 있는데, 그것은 바로 불완전하고 형편없는 존재들 가운데 두 사람이 결합하는 일이야. 우리는 너무 자주 사랑에 배신을 당하고, 상처 받고 불행에 몸부림치지. 그래도 우리는 여전히 사랑을 해. 그러다 자신의 무덤 가까이에 도달했다는 걸 깨닫는 순간 지나온 길을 돌아다보며 중얼거리는 거야. 수없이 많은 날들, 배신을 당해 고통 속을 헤맸지만 여전히 사랑했다고. 오만과 권태가 만들어 낸 가상의 존재인 내가 아니라 실제의 내가 나의 삶을 살아온 거라고 중얼거리는 거야."

흠……

꼬마별아, 너도 그 말 듣지 못했지? 그냥 지나쳤지, 안 그래?

잘 생각해 봐……. 바다표범이란 말 들었어? 그가 너무 자연스럽게 연기하는 바람에 그 단어가 빙산의 일각처럼 미끄러져서 발음할 때 조금도 힘들어하지 않았잖아.

누구도 널 비웃지 않았어. 한 사람도.

순간, 아무도 박수를 치지도 않았지. 그 누구도.

왜 그런지 알아?

모른다고? 알면서 그래, 그치?

자……

젠장! 그들은 아무 말도 하지 않았어. 왜냐하면 그 멍청이들은 뼛속까지 충격을 받았으니까. 네 연기에 감동받았던 거지.

하하하.

꼬마별아, 미안해. 미안해…… 부끄러워지네…….

그냥 캄캄한 어둠 속에서 내 웃음소리를 듣고 싶어서 그랬어.

내 자신에게 용기를 주고, 부엉이들에게 인사를 하고 싶었거든…….

미안해.

계속 얘기해 볼게.

연극이 끝난 뒤 아무도 박수를 치지 않은 건 다들 감동으로 전율했기 때문이었어. 머리가 멍해졌으니 원격 조정으로라도 '팔'을 찾아내 박수칠 수가 없었지.

한 술 더 뜬 건 선생님의 반응이었다. 완전히 녹아 버렸다니까. 말라바르 추잉껌 상자처럼……

감동의 순간이 지속되고 있었다. 1초, 2초, 3초……, 레슬링 심판이 카운트다운을 하듯이. 아무도 꼼짝하지 않았다. 프랭크와 나는 그대로 있어야 하는 건지, 무대의상을 갈아입어도 되는 건지 알 수가 없었다. 그때 교실 한쪽 끝에서 작은 폭발음이 터져 나왔다. 연이어 폭죽이 터졌다.

미친 듯. 발광하듯.

입에서 엄청난 폭발음이 터져 나오는 것만 같았다.

그리고…… 오…….

얼마나 아름다웠는지…….

하지만 내게 가장 아름다운 순간은 바로 그다음이었다. 종이 울리자 아이들은 다들 썰물처럼 빠져나갔고, 프랭크와 내가 옷들을 주섬주섬 챙기고 있는데 선생님이 다가왔다. 그러더니 느닷없이 다른 반을 위해서 한 번 더 연기해 줄 수 있느냐고 물었다. 다른 선생님들과 교장 선생님도 모시고.

나는 아무 말도 하지 않았다. 원래 학교에서 아무 말도 하지 않는 나였으니까. 학교는 내게 쉼터였을 뿐이다. 아무 말 하지 않았지만 다시 연기하고 싶진 않았다. 두려워서 그런 건 아니었다. 삶이 내게 가르쳐 준 게 있다. 너무 많은 걸 바라지 말아야 한다는 것. 내가 이번에 경험한 건 하나의 선물이었다. 그걸로 됐다고 생각했다. 선물 포장은 풀렸고, 그러면 된 거였다. 이제 우리를 조용히 내버려 두기만을 바랐다. 다시 소중한 선물을 망치고 싶지 않았다. 빼앗기고 싶지 않았는지도 모르겠다. 내게 남아 있는 것 중에 그만큼 아름다운 게 없었다. 소중한 보물을 다른 이들에게 더는 보여 주고 싶지 않았다.

심지어 기에 선생님이 우리에게 통통한 고양이 같은 애교스

런 눈짓을 보냈지만, 날 들뜨게 하기는커녕 오히려 슬퍼졌다. 선생님도 다른 이들과 다를 바 없었다. 아무것도 알지 못했고, 보지도 못했다. 아무것도 이해하지 못했다. 나와 프랑크 둘이서 걸어온 시간들, 그들의 잘난 입을 다물게 하고, 정정당당하게 발길질하기 위해 보낸 시간들을……

  그런데 지금 와서 뭐라고? 도대체 무슨 생각을 한 거지? 우리가 말 잘 듣는 개라도 된다고 생각한 건가? 젠장, 아니…… 그건 아니야……. 이 자리까지 오기 위해 나는 지하 창고에 있었고, 프랑크 역시 꽉 막힌 궤짝 속에 갇혀 있었다. 오늘, 우리는 마침내 당신에게 우리가 자유롭다는 걸 증명해 보였다. 비록 이렇게 머리를 숙이고 당신에게 인사를 하지만 다시는 당신 손에 들러붙은 사탕 부스러기를 핥으러 가진 않을 거다. 왜냐하면 우리에겐 이 연극이 그저 하나의 연기가 아니었으니까…….

  그건 연극이 아니었다. 그냥 등장인물을 연기한 것도 아니었다. 우리에게 카미유와 페르디캉은, 말도 많고 극단적인 이기주의자인 이 부유한 집안의 두 꼬마아이는, 우리가 괴로움에 몸부림칠 때 다가와 우리 손을 잡아 주었고, 당신들이 박수를 칠 때 우리에게 현실을 돌려주었다. 그러니 연극에 대한 당신의 욕망 따위는 몽땅 가져가세요. 우리는 더는 연기하지 않을 테니. 우리가 다시 공연하지 않는 이유는 아주 간단했다. 우리는 연기한

게 아니었던 것이다.

당신이 그걸 이해하지 못했다면, 앞으로도 절대 이해하지 못할 것이다. 그러니 후회는 없다.

"하고 싶지 않다고?" 그녀가 실망한 얼굴로 다시 물었다.

프랭크는 나를 바라보았고, 나는 그에게 머리를 까딱거려 싫다는 내 뜻을 알렸다. 그만이 읽을 수 있는 사인이었다. 코드. 떨림. 인디언 형제들끼리 나누는 몸의 언어였다.

그가 선생님 쪽을 돌아다보면서 이렇게 말했다. 조용하지만 단호한 말투로.

"고맙지만 사양할게요. 빌리가 원하지 않아요. 빌리 의견을 존중해 주고 싶어요."

그런데 정말, 아…… . 그의 말이 나를 그대로 후려치는 듯했다. 아직도 얼얼할 정도로 그 흔적이 남아 있다. 그 흔적을 감추려고 어떤 짓도 하고 싶지 않다. 너무 자랑스러웠다.

그의 친절함과 인내심, 그리고 한없이 부드러웠던 프랭크 할머니, 유통 기한이 1984년인 석류 주스, 페피토 크림빵, 방가 오렌지 주스, 날 위해 의상을 재단하는 동안 내 목덜미에 얹어 있었던 따뜻한 손, 그리고 조금 전 교실을 제압했던 침묵, 열광의 박수소리는 물론, 나를 모욕하거나 빵점을 주는 데만 머리를 굴리는 선생님이 교장 앞에서처럼 몸을 비비꼬며 아첨하는 모습, 이 모든 것이 내 마음을 들뜨게 했다. 하지만 그 어떤 것도 그가 조금 전 한 말에 비하면 아무것도 아니었다. 정말 아무것도 아니었다.

"빌리의 의견을 존중해 주고 싶어요."

내 의견을 존중해 주고 싶다니.
그것도 선생님 앞에서.
어떻게…… 나를. 먹을 것이 없어 발버둥쳐야 했던 밤들도 있었고, 또 어떤 아침에는…… 아…… 그런 얘기는 그만하자. 그런 내게 '존중'이란 단어는 왜 만들어 냈는지 이해할 수 없을 정도로 공허한 말이었다. 그건 그저 편지 끝에 덧붙이는 바보 같은 미사여구라 생각했다. 편지 맨 아래, 서명과 함께 '존경하는 어쩌고저쩌고' 하는 인사말 말이다. 그런데 당돌한 꼬마 신사, 프랭크 뮈뮈가, 물에 젖어도 50킬로그램밖에 나가지 않을 꼬마 프랭크가 무슨 일을 저지른 거지? 내 앞에서 선생님을 정당한 방법으로 발을 동동 구르게 하다니. 나를 애원의 눈길로 바라보게 만들다니.

오, 세상에. 정말 대단했다.

정말 멋졌다.

뭐라고요? 물정 모르는 소리한다고요? 우리를 아직도 못살게 굴고 싶은 건가요? 오, 그건 아니죠. 고맙지만 사양하겠어요. 빌리가 원치 않고, 그녀의 의견을 존중해 주고 싶으니까요.

아, 그건 정말⋯⋯.

나는 세상에 새로 태어난 듯 기분이 좋았다.

기에 선생님이 포기하고 돌아갔을 때, 그때까지 묵묵하게 지켜보고 있던 나는 마구 소리를 지르기 시작했다. 아니, 짐승처럼 울부짖었다. 겉으로야 스트레스를 풀기 위해서라고 했지만 지금 와서 보니 알 것 같다. 그건 막 태어난 아기의 울음소리였다. 나는 소리를 질러 댔고, 깔깔거렸다. 그렇게 살아 있다는 게 뭔지 생생하게 경험했던 것이다.

그러니 꼬마별아. 널 어떻게든 설득해서 한 번 더 우리를 돕게 하고야 말 거야. 하지만 네가 원치 않으면 걱정하지 마. 그래도 프랭크는 내가 구해 낼 거니까. 그를 등에 업고서라도 세상 끝까지 걸어갈 거야. 이를 꽉 물고. 그래. 필요하다면 달까지도 데리고 갈 거야. 화성의 응급실에라도 도착하고 말 거야. 그러니 화성, 너도 그동안은 걱정하지 말고 가만히 있어. 별님들, 나의 소원이 이루어지도록 나를 믿고 기다려 줘요.

☆

솔직히 고백하는데, 지금까지는 얘기하는 즐거움을 만끽하기 위해 시간을 끈 면이 있긴 해. 그런데 이젠 안심해도 좋아. 다음 얘기는 서두를게. 하긴, 선택의 여지도 없어. 요즘 밤이 무척 짧아졌거든. 네가 사라지기 전에 다 얘기하려면 시간이 없을 거야.

그런데, 꼬마별아, 너도 이해하겠지만 지금까지는 우리가 어떻게 만나게 되었는지를 얘기하는 거라서 꽤 중요했단다. 연극이 펼쳐질 무대를 처음 세팅하는 거라고 해야 할까. 그다음은 편안하게 얘기해 볼게.

이미 잘 알고 있는 얘기들일 테지만……

아직 거기에 있지?

혹시……

아, 다행히 거기에 있구나. 좋아. 가끔 네가 다른 데를 쳐다볼 때가 있어서 그래. 물론 알아. 네가 우리와 함께 있다는 거. 나도 잘 알아.

첫 에피소드는 꽤 정성을 다해서 얘기한 셈이었다. 우리의 만남을 아무렇지도 않게 들려주고 싶진 않았으니까.

우리 둘이 품고 있는 우정의 심장은 이 첫 에피소드 속에 다 들어 있었다. 모든 것이…… 우리의 존재 방식과 존재하지 않는 방식, 그리고 감탄과 놀라움으로 입을 다물지 못하고, 온갖 말들을 풀어 놓는 방식, 서로 돕고 사랑하는 방식 모두가 그 안에 들어 있었다. 프랭크에게도 언젠가 말했지만 우리는 마치 서로 통해 있는 연통관連通管과 같다. 한쪽의 영향이 고스란히 다른 쪽으로 옮겨가는 그런 거 말이다. 단지 우리의 연통관 밑바닥에는 진짜 진흙처럼 질퍽거리는 힘겨운 일상이 들어 있다는 게 달랐을 뿐. 그러니 우리가 어떻게 만났고, 그 후로 어떻게 전개되었는지 꼬마별, 네게 얘기하는 게 아주 중요한 일이었단다.

그런데 괜찮지? 물론 자기 어린 시절 얘기를 여섯 권의 책으로 풀어 낸 이들도 있겠지만. 아마 그중에서 네 권은 첫 성 경험에 대한 얘기일걸. 하지만 나는 그것을 연극 장면 하나로 요약해서 보여 줬으니 잘했다고 칭찬해 줘.

*

　물론 연극이 끝난 뒤 모든 생활이 순조롭게 풀린 건 아니었다. 하지만 이제 우리는 하나가 아니라 둘이었기에 모든 게 훨씬 쉬웠다. 반 아이들은 쉬는 시간엔 우리를 카미유와 페르디캉이라고 불렀다. 뭐라고? 자랑스러웠냐고?

　당연하지. 왜냐하면 더 이상 재연하지 않겠다고 한 뒤로 우리가 조금은 신화적인 존재로 부각되었으니까. 그날 아파서든 다른 이유로든 연극을 보지 못한 아이들은 올림픽 경기에서 프랑스가 금메달 따는 장면을 보지 못한 것처럼 아쉬워했다.

　카라반에서 사는 가난한 아이가 그렇게 긴 미사여구의 문장들을 아슬아슬하게 줄타기를 하듯 암송했고, 프랭크는 사랑이 어떻게 한 여자의 운명을 무참히 짓밟을 수 있는지를 분노로 가득 찬 목소리로 들려줬던 것이다. 게다가 클로딘느가 만들어 준 멋진 의상도 한몫했다. 모든 게 완벽했다. 그렇다고 그 이후, 내성적이 오른 것도, 프랭크에게 친구가 생긴 것도 아니었다. 하지만 그들은 이제 우리를 모욕하는 대신 못본 척해 주었다. 알프레드 뮈세가 고마울 수밖에.

　물론 가여운 로제트를 속일 필요까진 없었다는 내 생각은 변함 없지만, 그럼에도 불구하고 알프레드가 고마울 뿐이다. (만일 사랑의 배신을 당한 이들이 다들 로제트처럼 죽음을 택했다면 아마 이 세상에 그리 많은 사람들이 남지는 않았을 것이다.)

*

그렇다고 연극 공연 이후 프랭크와 내가 죽고 못 사는 사이가된 건 아니었다. 우리를 갈라 놓는 것들이 너무 많았다. 앞뒤가꽉 막힌 그의 아버지는 장기 실업자로 전락하면서 아들에게 병적으로 집착했다. 그의 아버지는 기독교 재향군인 전우들과 인터넷으로 은밀한 정보들을 주고받으며 한나절을 보냈고, 그의엄마는 미친 남편과 살고 있다는 걸 잊으려고 매일 메독 포도주를 목에 들이부었다. 반면 내 아버지는 굳이 컴퓨터를 하지 않아도 늘 재향군인이라고 느꼈고, 새엄마는 술을 닥치는 대로 마셔 대며 종일 악을 썼다. 그러면서 마우스, 마우스 어미, 마우스새끼들을 쉬지 않고 클릭했다. 아무리 자랑스러워하려 해도 이런 진흙탕이 우리를 아무런 여지 없이, 참을 수 없을 만큼 허우적대게 만들었다.

꼬마별아, 미안해. 말을 너무 거칠게 해서. 하지만 이 모든 운명이 달리 어찌할 수 없이 우리의 작고 여린 날개 위로 쏟아졌지. 우리는 고통의 둥지 속에 처박혀 버렸어.

게다가 나는 그보다 더 약해졌기 때문에 어떻게든 혼자 지내지 않고 여러 모임에 끼어 어울리려고 애썼다. 타인의 관심을 받으려고 발버둥쳤다. 반면 프랭크는 항상 혼자였다. 장 자크 골드만 노래의 주인공이었다. 그는 혼자 걸었고, 아무도 없이 증인도 없이 혼자 걸었다. 그의 발걸음 소리만 귓가에 울렸고, 밤은 모든 걸 용서했다. 모든 것을.*

고독이 그에게 버팀목이 되어 주었다면, 나는 나대로 멍청한 여자아이들 사이에서 그럭저럭 견딜 수 있었다.

처음에는 한두 번 쉬는 시간에 그에게 말을 걸어 보기도 했고, 식당에서 옆자리에 앉기도 했다. 그는 늘 친절하게 대해 주었지만, 왠지 내가 그를 불편하게 하는 것 같아 더는 고집하지 않았다.

수요일 오후는 달랐다. 그날은 그가 할머니 집에 가서 점심을 먹는 날이라 나도 버스를 타지 않고 같이 걸어가며 얘기를 나눌 수 있었다.

처음에는 클로딘느가 함께 점심을 먹자고 제안했지만 매번 내가 거절하자 더는 묻지 않았다.

* 프랑스어권 최고의 프로듀서이자 가수며 작사 · 작곡가인 장 자크 골드만의 노래 〈혼자 걸었네〉의 가사 일부

그때 내가 왜 그랬는지 모르겠다. 너무 아름다운 선물, 너무 예쁘게 포장된 선물이 아마도 두려웠던 것 같다. 그 집으로 들어가면 뭔가가 훼손될 것만 같았다. 나는 아직 프랭크를 창밖의 세계로 나오게 할 충분한 준비가 되어 있지 않았다. 부활절 방학! 그건 내가 간직할 수 있는 가장 아름다운 추억이었다.

꼬마별, 넌 잘 이해하지 못할지도 몰라. 프랭크가 침몰 직전이었다는 건 나 혼자만 알고 있었지. 하지만 그의 마음을 열게 할 수 있는 방법은 한참 지난 뒤에나 조금씩 배울 수 있었어. 그때는 나도 아주 겁쟁이였거든.

겁이 너무 많았지······.

어릴 때 죽을 만큼 매를 맞은 건 아니었다. 그렇다니까, 잡지 표지에 내 기사가 실릴 정도는 아니었으니. 하지만 나는 언제나 손찌검에 무방비 상태로 놓여 있었다. 늘, 언제나, 늘······, 늘······.

이래서 한 대, 저래서 한 대, 이런저런 이유들로 맞았다. 내가 눈에 걸리적거리면 그런다고 발길질을 당했고, 눈에 너무 띄지 않으면 않는다고 손찌검을 당했다. 말하자면 이런 식이었다. '야, 뭐야, 한 대 맞고 싶어서 그래?'

이 모든 것이 날 위축시키고, 항상 두려움에 떨게 만들었다고 할까?

언젠가 몰래 숨어서 정보 자료 센터에서 발행한 알코올 중독에 관한 기사를 읽은 적이 있다. 거기에서는 술을 마시지 않는게 물론 좋지만, 저녁에 어쩌다 심하게 취하는 건 마룻바닥에 물 한 동이를 쏟아붓는 것과 같으니 그나마 괜찮다고 했다. 걸레로 한번 쓱 훔치면 마룻바닥은 이내 마를 테고, 그러면 끝이라고. 하지만 알코올 중독은 아무리 감춰도, 아무리 통제해도, 물이 한 방울씩 떨어지는 것과 같아서 결국은 마루에 커다란 구멍이 뚫리고야 말 거라고 했다. 아무리 단단한 마루라고 해도.

그래, 바로 그거였다. 어렸을 때부터 이런저런 이유로 뺨을 맞고, 크고 작은 멍들이 몸 구석구석에 끊임없이 생겼다 사라졌다. 그러면서 여러 사건들에 휘말렸고, 때로는 청소년 보호 단체 서류에 기록을 남기기도 했다. 바로 이런 것들이 내 머리에 커다란 구멍을 냈다. 그래선지 툭하면 겁이 났다. 공기가 조금만 심상치 않아도 궁지에 몰리는 것만 같았다. 그런데 프랭크도 그 무렵엔 나를 위로해 줄 만큼 단단하지 못했다. 그러니 우리는 서로에게 조심스럽게 다가가야 했다. 서로를 존중했지만 너무 가까워지지 않으려고 마주치는 걸 피했다. 서로에게 짐이 되고 싶지 않았다.

그러면서도 우리 둘 다 서로를 무시하거나 무관심한 게 아니라, 극도로 조심스러워한다는 걸 알고 있었다. 그것까지 서로에게 들키고 싶지 않았을 뿐이었다. 어쨌든 우리는 언제나 친구로 남아 있었다.

그 역시 잘 알고 있었다. 왜냐하면 그가 조금이라도 슬프거나 외로워 보일 때면, 몽상가보다 좀 더 우울해할 때면, 내가 바로 그 앞에 서서 "페르디캉 고개를 들어."라고 말했으니까. 그리고 나 역시 잘 알고 있었다. 그는 한 번도 우리 집까지 데려다주겠다고 한 적이 없었다. 집에 대해 물어보지도 않았다. 언제나 예의 바르게 행동했고, 상대를 존중할 줄 알았고, 조심스럽게 대해 주었다. 그의 아버지가 일러주었듯이 집시 가족들에게 기독교적인 분위기라는 건 찾아볼 수 없다는 걸 그가 알고 있었던 것 같다.

수요일마다 나란히 걸었던 30분 덕분에 우리는 나머지 시간들을 견딜 수 있었다. 별다른 말을 주고받진 않았다. 그냥 그렇게 함께 걸었고, 그러면서 함께 보냈던 옛 시간들을 그리워하며 걸어갔다.

아, 얼마나 행복한 시간이었는지…….

그 시간이 우리를 지켜주었다.

*

6월 중순이 지나면서 서서히 겁이 나기 시작했다. 나는 2학년
으로 진급하지 못하게 되었고, 그는 더 좋은 학교로 전학 가기
위해 기숙사 신청을 해야 했다. 얼마 전부터 이런 불안감이 머리
를 무겁게 짓눌렀지만 애써 잊고 지내려고 했다. 하지만 더는 어
쩔 수 없었다. 나는 '유급'이라고 적힌 성적표를 받아들었고, 그
가 기뻐하며 내민 편지에는 '기숙사 확정'이라고 적혀 있었다.

픽! 다시 한 번 배를 세게 한 방 얻어맞은 기분이었다.

그날, 클로딘느 할머니께 점심을 먹고 가도 되겠느냐고 처음
으로 물었다. 정작 음식은 한 입도 넘길 수 없었지만…….

배가 아프다고 했다. 그건 사실이었으니까. 할머니는 내 또래
의 여자아이에겐 흔히 있는 일이라 생각했는지, 괜찮다고 했다.
그 배가 아픈 게 아니었는데…….

*

다행히 1학년이 끝나기 전, 둘이 함께 기억할 아름다운 추억이 기다리고 있었다. 파리 수학여행이 그랬다.

졸업 시험 대비반 수업 시작을 일주일 앞둔 때였다. 파리의 루브르 박물관 기행 프로그램이었는데, 프랭크와 나는 3학년 멍청이들과 함께 끌려 다녀야 했다. 다들 온갖 포즈를 취하면서 자기들 얼굴 찍는 데만 정신이 팔려 있었다. 박물관의 걸작들은 거들떠보지도 않은 채 낄낄거리며 바보 같은 사진만 들여다보았다.

파리 행 고속버스에서 프랭크와 나는 맨 뒷좌석에 나란히 앉았다. 우리 둘만 단짝이 없었으니까.

그가 이어폰 한쪽을 내게 내밀고는 준비해 온 노래들을 틀어주었다. 드디어 그 유명하다는 빌리 홀리데이의 노래를 들을 수 있었다. 너무도 맑고 투명한 목소리가 흘러나왔다. 처음으로 팝송 몇 마디가 귀에 들어왔다. '설명하지 마세요……' 한없이 슬프면서도 감미로운 목소리가 아름다웠다. 몇 곡을 연이어 들었다. 그러다 고속도로 휴게소에서 화장실에 다녀오느라 잠깐 멈췄다. 그에게 이어폰을 돌려주고는 우리는 각자 경직된 몸을 풀어 주려고 주변을 배회했다.

　버스가 다시 출발하자 그가 방금 전 들려준 노래 얘기를 했다. 조금은 느슨하게, 그 시기에 유행하는 것에 대해 잡담을 늘어놓듯 들려주었다. 나 역시 가볍게 호응했다. 아, 그래? 그렇구나. 아, 그랬어? 하는 식으로. 하지만 우리는 잘 알고 있었다. 우리 사이에 어떤 일이 일어나고 있는지. 아니, 어떤 소통이 이루어지고 있는지.
　예전에 누가 카미유 역을 맡을지를 놓고 장황하게 얘기할 때와 같았다. 서로 주고받은 말들은 상황에 전혀 어울리지 않았지만, 어쨌든 제 역할을 훌륭히 해냈듯이.

　뭐라고 했더라? 조금 전 들은 노래가 사실은 세상에서 가장 잘 알려진 노래들 중 하나라고, 재즈 음악의 역사 이래 수백만 명을 감동시킨 노래라고 했나. 그런데 그 노래를, 가수가 죽은 지 50년도 더 지난 어느 날, 시골 학교의 아이 둘이서 버스 뒷좌석에 나란히 앉아 서로에게 몸을 기댄 채 듣고 있다고?
　쳇……
　그게 뭐 어쨌다고. 가수의 엄마가 열세 살에 임신하는 바람에 집에서 쫓겨났다고, 그리고 그렇게 태어난 그녀 역시 더없이 고통스런 어린 시절을 보내야 했다고, 사랑했던 할머니가 자신의 품에 안긴 채 마지막 숨을 거두는 바람에, 그 충격으로 오랫동안 실어증에 시달려야 했다고. 그러다 열 살이 되던 해 어느 날 밤, 친절한 이웃 아저씨한테 강간을 당하기까지 했고…… 이어 이상한 가정에 보내져 죽도록 매 맞고 고문까지 당했다고. 그러다 다시 알코올 중독을 앓는 엄마와 사창가에서 살아야 했고, 그 후에도 끔찍한 일들을 여러 차례 겪어야 했다고…… 그래도 그녀는 결국 해냈다고…….

삐뚤어지지 않고 하늘로 곧게 쭉 뻗은 아름다운 존재가 되었다고.

'설명하려 들지 마, 알았어?'

좋았던 건, 바로 그다음에 흘러나온 노래들이었다. 〈아이 윌 서바이브 I will survive〉와 〈브라더즈 인 암즈 Brothers in Arms〉, 그리고 〈빌리 진 Billie Jean〉을 들었다. 덕분에 감미로운 분위기 속에서 파리를 떠날 수 있었다.

꼬마별아, 내 말 듣고 있니? 내 친구가 어떤 아이였다는 거 듣고 있어? 나의 어린 왕자를 보고 있니? 네가 있는 그곳에서 보고 있니? 혹시 망원경이 필요한 건 아니지?

지금 내가 얘기하는 그대로 네가 그를 보고 있다면, 그러니까 아주 가까이서, 조금의 착오도 없이 그를 보고 있는데도 이토록 고통받게 내버려 두고 있는 거라면, 그 이유를 조금이라도 설명해 줄 수 있겠니?

고백하건대, 지금까지 나 많은 걸 견디며 살아야 했어. 정말 많은 것들을 참고 지냈어. 하지만 이번 만큼은 도저히……. 어떻게 얘기해야 할지……. 그를 포기할 수가 없어.

*

그 시절, 나야 워낙 모든 면에 뒤처져 있어 잘 깨닫지 못했지만, 프랭크에게는 파리 여행이 하나의 충격이었다.

하나의 충격? 아니, 충격 그 자체였다. 삶의 충격! 그는 자기 엄마 회사에서 받은 초대권으로 여러 차례 파리로 연극을 보러 가곤 했다. 하지만 언제나 크리스마스 무렵이었고, 밤이었고, 공연이 끝나자마자 서둘러 돌아가야 했다.

게다가 그의 아버지는 여러 빌딩들을 가리키며 약삭빠른 유태인들에게 속아 잘못 팔았다는 얘기만 늘어놓느라 정신이 없었다. (정말 미친 놈이었다니까, 라고 하면서.) 그러니 그에게 파리가 좋은 기억으로 남아 있을 리 없었다.

하지만 이번은 6월의 한가로운 오후였고, 프리메이슨*이 정직한 포르투갈 사람쯤 되는 줄 알고 있으며, 예쁘고 아기자기한 것들을 볼 때마다 감탄하며 손가락으로 가리키는 빌리와 나란히 걷고 있었던 것이다. 이 모든 것이 그의 머릿속을 온통 뒤흔들어 놓았다.

파리로 갈 때의 프랭크와 돌아올 때의 프랭크는 완전히 다른 사람이었다. 또다시 우울한 사춘기의 공간으로 돌아오는 내내 그는 침묵했다. 이어폰과 마우스피스까지 내게 다 건네주고는 어두운 창밖의 밤 풍경을 물끄러미 바라보며 몽상에 잠겨 있었다.

그는 파리와 사랑에 빠진 것이었다.

루브르 박물관, 피라미드, 콩코드 광장, 샹젤리제, 나는 이 모든 걸 감탄의 눈길로 바라보는 그를 바라보았다. 피터팬의 손을 잡고 런던의 하늘 위를 날아가던 웬디와 그의 어린 동생들을 보는 것만 같았다. 그는 감동의 눈길을 어디로 돌릴지 몰라했다.

기념물도 기념물이었지만 무엇보다 그는 파리의 사람들에게 매혹되었다. 그들의 옷차림, 아무렇게나 횡단보도를 건너다니고, 길게 늘어선 자동차들 사이에서 춤을 추고, 큰 소리로 떠들

* 국제적 비밀결사체

고, 환하게 웃고, 바쁘게 걸어가고⋯⋯,

그들은 카페 테라스에 앉아 우리가 지나가는 모습을 빙그레 웃으며 바라보았고, 세련된 옷을 입거나 때로는 단정한 양복 차림으로 튈르리 정원의 벤치에 앉아 피크닉을 즐겼다, 센 강가

에서 작은 서류 가방을 베고 누워 한가로이 일광욕을 만끽했고, 흔들리는 버스에서 아무것도 붙들지 않고 똑바로 서서 신문을 읽었으며, 새장 앞을 지나면서도 자신들의 삶에 몰두하느라 그 안에 앵무새가 들어 있다는 것도 모르고 걸어갔다. 그들은 까르르 웃음을 쏟아 냈다. 손에는 전화기를 붙든 채 따사로운 햇살 아래 자전거 페달을 밟으며 달렸고, 그러다 벌컥 화를 내기도 했다. 물건을 사지 않고도 너무도 태연하게 고급 상점을 드나들었고, 그럴 때면 점원들은 그저 그들을 맞이하기 위해 고용되었다는 듯이 미소를 짓고 있었다.

그랬다……. 이 모든 게 나의 프랭크가 정신 차리지 못할 만큼 들뜨게 하기에 충분했다. 봄의 파리지앵들은 그에게 모나리자였던 것이다.

우리가 센 강을 가로지르는 다리 위에 서 있었을 때였다. 어느 다리였는지는 잘 기억이 나지 않는데, 주변으로 눈을 돌릴 때마다 멋진 광경이 펼쳐졌다. 노트르담 성당, 우리가 공연한 연극에 나오는 그 유명한 아카데미 프랑세즈, 에펠탑, 센 강둑을 따라 늘어서 있는 아름다운 건축물들, 이름도 알 수 없는 박물관들. 반 아이들은 카메라를 들고 줌 모드로 사진을 찍어 대느라 정신없는 동안, 우리는 목을 길게 빼고 곳곳을 기웃거리며 걸어다녔다. 그에게 맹세하고 싶었다.

그가 아름다운 파리의 풍광들을 살코기가 잔뜩 붙은 큼직한 뼈다귀를 가까이에 두고도 입이 닿지 않아 침만 질질 흘리는 불쌍한 개처럼 바라보는 동안, 그의 손과 팔을 붙들어 주고 싶었다. 그리고는 낮은 목소리로 이렇게 속삭이고 싶었다.

프랭크, 우리 다시 오자……. 우리 꼭 다시 오자. 고개를 들어 봐! 내가 약속할게. 우리 꼭 다시 파리에 올 거야. 그리고 여기에서 살자……. 파리에서 살아보자……. 내가 약속할게. 미래의 어느 날 아침, 우리 동네 포그네 빵집에 가듯 이 다리를 건너게 될 거야. 얇디얇은 최신형 전화기를 귀에 대고 바쁘게 걸어가느라 이 광경들을 다 보지도 못할 거야. 아니, 보기야 하겠지만 오늘처럼 부러워하면서 바라보진 않을 거야. 왜냐하면 이미 닳도록 봤을 테니까. 그러니 프랭크, 내 말 믿어도 돼! 좌절하지 마. 내가 맹세하고 있잖아. 내가…… 네게 너무 많은 빚을 진 내가 말이야……. 나 믿을 수 있지? 그치?

사랑하는 나의 프랭크! 네 가족과 학교 애들은 그저 자기들 경험만을 네게 들려준 거야. 그건 네 것이 아니야. 그러니 내 말을 믿어. 반드시 이곳으로 이사하게 될 거야. 절대 그 전에는 죽지 않을 거야.

그랬다. 나는 확신에 찬 미래가 새겨진 그림엽서를 내밀며 약속하고 싶었다. 하지만 아무 말도 할 수 없었다.

내게는 살코기가 붙은 뼈다귀 같은 보물은 손이 닿지 않는 곳에 있는 것이 아니라 아예 내 삶 안에 존재하지 않았으니까.

내가 이곳으로 다시 올 기회는 거의 없을 것이다. 아니, 전혀 없을지도 모른다. 그래서 나도 그처럼 했다. 눈앞에 펼쳐지는 광경들을 바라보면서 그곳에 우리의 이름 이니셜 두 개를 새겨 놓은 상상의 자물쇠를 채워 두었다.

*

꼬마별아, 자, 여기까지가 우리가 함께 보낸 시즌 1의 마지막 시간들이야. 행복했던 시간들이지.

그다음은 어떻게 전개되었는지 요약해 보자. 주인공은 물론 우리였다. 무대 장식은 볼품없었고, 액션도 그리 많지 않았다. 앞으로도 없겠지만. 조연들이야 별 관심 없고. 미래에 대한 희망은 전혀 없었다. 어쨌든 여자 주인공에게는……. 그러니 이런 삶이 계속되어야 할 이유는 하나도 없었던 거다.

왜 그래? 왜 아무 말도 안 해?

어이, 잠들었니?

꼬마별, 고개 들어보라구.

아, 계속 살아야 할 이유가 하나 있다. 너도 잘 알잖아. 바로 그 때문에 벌써 몇 시간째 너를 붙들고 있잖아. 너무 바보 같아서 말하기 쉽지 않지만. 그건 바로 사랑이란다.

☆

여기까지 얘기하고 나니 서글퍼진다. 빨리 끝낼게. 꼬마별아, 내 말을 다 듣고 나서는 다른 곳으로 눈을 돌려도 좋아…….

파리 여행 이후 우리는 여름방학 동안 잠시 떨어져 지내야 했다. (두 달 동안 딱 세 번 그의 얼굴을 보았는데, 그중 한번은 우연히 만났다. 그가 엄마와 함께 있어서 많이 불편했다.) 그러고는 그가 전학 가는 바람에 헤어져야 했다.

그는 멀리 가 있었다. 그리고 나는…… 나는 유급을 당했고, 가슴이 커졌고, 담배를 피우기 시작했다.
담뱃값을 벌려고 막나가기 시작했다. 내 유방이 그래도 쓸모가 있었나 보다. 그러다 남자를 만나 동거도 했다.

그래······ 동거······. 내 곁을 스쳐 지나가는 남자 하나가 나타났는데, 그에게는 오토바이가 있었고, 그는 나를 짐시 토굴에서 이따금씩 꺼내 주었다. 자동차 수리공인 그는 그리 친절하지도, 그렇다고 난폭하지도 않았다. 딱히 잘생긴 편도 아니었으니나 같은 여자를 섹스 파트너로 두는 것도 과분할 터였다. 그는 부모 집의 정원 한쪽 구석에 세워 둔 카라반에서 지냈다. 내게는 워낙 익숙한 잠자리였다. 옷가지를 챙긴 트렁크 하나를 들고 집을 나와 그와 같이 지냈다.

나는 카라반을 청소하고 그 안에 들어앉아 지냈다. 정원 구석에서 온종일 죽치고 있어도 그의 부모는 내게 말을 거는 법이 없었다. 하긴 내 덕을 볼 게 없었을 테니까.

그는 부모 집에서 식사할 권리가 있었지만, 나는 그렇지 않았기에 그가 밥을 날라다 주었다.

그는 내게 이렇게 말했다. 일단은 이렇게 지내자. 알았지?

꼬마별아, 너 어디 있니?

오······, 그때 얘기는 빨리 지나갈게. 지금 이러고 있는 게 너무 힘들거든······.

왜냐하면 그게 말이야…… 이야기가 길어지는데…… 너를 기다리고 있는데 너무 추워…….

춥고, 목도 마르고, 배도 너무 고파. 몸도 아프고…….

팔도 아파. 내 친구 때문에 아파…….

나의 프랭크, 온몸이 상처투성이야. 이 친구가 날 아프게 해.

울고 싶어.

나 울어도 돼?

흠…… 조금만 울게. 응?

꼬마별아. 갑자기 생각난 게 있어. 뒤몽 선생님은 내가 그저 빈민촌 출신이라는 사실만 알려준 게 아니라, 네가 이미 죽었다고 어딘가에 적으라고 했던 것 같아. 넌 이미 수천만 년 전에 죽었다면서, 내가 지금 바라보고 있는 건 네가 아니라 너의 흔적일 뿐이라고 했어. 네 유령의 잔해일 뿐이라고. 홀로그램 같은 거 말이야. 환각이라고.

정말 그러니?

그럼 우린 정말 혼자인 거야?

그럼 우리 둘 다 이제 다 끝인 거야?

눈물이 나.

내가…… 죽고 나면 내 존재의 흔적은 하나도 남지 않을 거야. 프랭크 외에는 내 빛을 본 사람이 없으니까. 그가 나보다 먼저 죽으면 모든 게 끝이겠지. 내 빛도 꺼지겠지.

그의 손을 더듬어 힘껏 잡았다. 아주 세게.

그가 가버리면 나도 그와 함께 사라지고 말 거다. 절대 그의 손을 놓지 않을 테다, 절대. 그러니 프랭크가 날 한 번 더 구해 줘야 한다. 물론 예전에도 수없이 날 구해 줬지만. 프랭크 없이 살고 싶지 않다. 이젠 그럴 수도 없다는 걸 안다.

빈민가에서 완전히 떠나온 척하며 살아보려고 노력했지만 불가능했다. 그건 처음부터 잘못 새겨진 문신이었다. 팔을 잘라내기 전에는 이 오물덩이를 어찌할 수가 없다. 벌레들이 그 팔을 다 갉아먹을 때까지 무거운 팔을 지고 가야 한다.

내가 원하든 원하지 않든, 나는 빈민가에서 태어났고, 가난하게 죽게 될 거다. 그런데 프랭크마저 나를 버린다면 새엄마 짝이 나고 말겠지. 술에 절어 살겠지. 마루에 구멍을 뚫고는 내게 인간적인 거라고는 하나도 남지 않을 때까지 구멍을 더 크게 파내려 갈 거야. 웃음도, 울음도, 고통스러워 할 일도 없을 거야. 마지막으로 용기를 내어 고개를 들 일도 없겠지. 물론 뺨을 맞을 일도 없을 테고.

나는 프랭크에게 모든 걸 리셋했고, 제로에서 다시 시작했다고 믿게 했다. 사실, 다 헛짓거리였다. 나는 아무것도 하지 않았다. 프랭크를 믿었을 뿐이었다. 그랬고, 그가 거기에 있었기 때문에. 만일 그가 없었다면 이런 거짓 허풍은 그대로 꺼져 버릴 것이다. 나는 리셋을 할 수 없다. 그럴 수가 없다. 나의 어린 시절은 내 혈관 속을 흐르는 독과 같으니까. 죽은 뒤에나 더 이상 고통을 느끼지 않을 것이다. 나의 어린 시절은 바로 내 자신이다. 어린 시절 같은 건 아무 가치가 없다고 하면서 뒤에 숨어 온 힘을 다해 대항하려 했지만 소용이 없었다.

춥고, 배가 고프고, 목이 탄다. 눈물이 난다. 꺼져 버려! 내겐 꿈에서라도 존재할 리 없는 별, 널 더는 보고 싶지 않아. 절대로.

나는 프랭크 쪽을 돌아다본다. 끝없이 펼쳐진 설원에서 썰매 개가 잃어버린 주인을 찾았을 때처럼 그의 팔 아래 내 코를 묻고 꼼짝 하지 않는다.

더는 카라반에서 살고 싶지 않다. 더는 남들이 남긴 음식을 먹고 싶지 않다. 더는 내가 아닌 나를 생각하며 보내고 싶지 않다. 늘 거짓말을 해야 하는 건 너무 피곤한 일이다······. 엄마는 한 살도 안 된 나를 버리고 떠났다. 내가 너무 울어서 떠났다고 했다. 자기 아기에게 질려 버린 거다. 그래, 잘한 일인지도 모른다. 왜냐하면 그 후로 오랜 시간이 흘렀는데도 이렇게 한 발짝도 앞으로 나가지 못하고 있으니. 여전히 밤새 칭얼대는 귀찮은 아이일 뿐이니.

날 버리고 떠난 엄마를 용서해 주기로 한다. 엄마도 어렸기 때문에 그랬을 거라고 받아들인다. 엄마도 힘들었겠지. 아버지 곁에서 영원히 가난뱅이로 사는 건 힘든 일이었겠지. 그런데 궁금한 게 딱 하나 있다. 가끔은 엄마가 내 생각을 할까.

그냥 그뿐이다.

프랭크의 손을 힘을 줘 가며 주무르다 말고 자세를 바꾸었다. 팔이 너무 아파 참을 수가 없었다. 바닥에 등을 대고 누우려고 하는데 내 손을 지그시 잡는 그의 손길이 느껴졌다.

"프랭크? 네가 그런 거야? 정신이 들어? 자고 있는 거야? 기절한 거야? 뭐야, 내 말 들려?"

그의 입 가까이에 귀를 갖다 댔다. 영화에서 임종을 앞둔 노인이 마지막 숨을 헐떡거리며 보물을 숨겨 둔 장소를 일러주는 걸 들으려고 할 때처럼.

하지만…… 그의 입술은 꿈쩍 하지 않았다……. 그러면서도 내 손은 놓지 않았다. 그로써는 엄청난 힘을 쓰고 있는 거겠지만 내게 전달되는 건 희미한 촉감뿐이었다. 조금의 힘도 느껴지지 않았다.

혼수상태에 빠져 있는 그의 손가락이 꿈틀거리며 내 손을 살짝 건드렸다. 마지막 신경 그물에 걸린 손가락이 내게 이렇게 말하고 있었다. 이 멍청아, 네 보물 여기 있는 거 안 보여? 그러니 제발 그만 좀 칭얼대, 알았어? 너의 불행한 어린 시절 얘기 듣는 게 얼마나 피곤한지 알아? 내 얘기 좀 들어볼래? 언제나 우울증 치료제를 달고 사는 엄마, 세상 모든 것을 적대시하는 아버지와 함께 사는 게 어떤 건지 말해 줄까? 끝없는 증오 속에서 산다는 게 뭔지 얘기해 줄까? 장 베르나르 뮐러의 아들로 사는 게 뭔지 말이야. 여덟 살, 어린 나이에 평생 남자만 사랑하게 될 거라는 걸 깨닫는 게 뭔지 듣고 싶어? 그걸 원해?

살육전이 어떤 건지 말해 줄까? 대량 학살이 뭔지 알고 싶어? 집안에 떠다니고 있는 공포 분위기가 뭔지 말해 줄까? 그러니 잠깐만 멈춰 봐. 제발, 그만해. 네 싸구려 별 얘기는 그만 좀 해. 거기에 별이 어디 있다고 그래. 하늘도 없고 신도 없어. 아무도 없다구. 이 지구상엔 우리밖에 없어. 네게 이미 수없이 말했잖아. 우리, 우리밖에 없다고. 다시 말하지만 우리밖에 없어. 그러니 제발 그 거지 같은 너의 옛 기억들은 그만 좀 뒤적거려. 필요할 때마다 끄집어 내는 그 엉터리 우주 생성 이론 같은 것도 접고. 네가 그럴 때면 정말 짜증이 나. 네가 그런 시답잖은 자기만

족에 빠지는 것도 싫고. 자기와 다른 이들의 빈틈을 비난하는 건 누구나 할 수 있어. 그건 너도 알잖아? 네가 그런 사람들처럼 구는 건 정말 싫어. 넌 그러지 마. 나의 '그녀'는 그러지 않았으면 좋겠어. 나의 빌리는 그러지 않았으면 좋겠어…… 이 세상은 끝이 보이지 않는 시궁창일 뿐. 진흙 더미 위로 볼썽사나운 가족들이 몸을 비비 틀면서 기어 다니는 시궁창일 뿐이야. 하지만 우리에겐 그들에게서는 찾아볼 수 없는 고상한 무언가가 하나 있어, 그들이 절대 우리에게서 빼앗아갈 수 없는 거. 그게 바로 용기라는 거야. 용기…… 빌리…… 그들을 닮지 않을 용기, 그들을 이겨 낼 용기. 그리고 영원히 그들을 잊어버릴 용기…… 그러니 당장 울음을 그쳐. 안 그러면 널 거기에 그대로 내버려 둘 거야. 당장 들것을 들고 달려온 미소년들과 도망쳐 버릴 테니.

어이쿠! 정말 화난 거 같네. 안 그래? 아뿔싸! 페르디캉, 네 손가락이 움직이니까 정말 신경질적으로 돌변하는구나. 아이쿠……, 그런데…… 우주 생성 이론이 뭐야? 자기만족은 무슨 뜻이고? 꽃 이름이야? 쳇! 입 다물고 있을게. 입 다물게.

좋아, 꼬마별아. 조금만 내게 가까이 오렴. 프랭크가 듣지 않았으면 좋겠어. 그러니까…… 어…… 다시 요약하면, 그러니까…… 쉿…… 너, 거기 있지? 더는 네가 네 자신이 아니고, 설사 존재하지 않는다고 해도 내게 너는 존재하고 있는 거야. 알았지? 프랭크가 널 믿지 못한다고 해도 상관없어. 그건 그 애 문제니까. 나는 너와 함께 있는 게 익숙할 뿐이야. 그러니 이렇게 숨어서 드라마 같은 내 얘기를 계속할 거야.

오케이? 오케이.

별이 반짝거린다.

어디까지 얘기했더라? 아, 그렇지…… 자송 지보네 낡은 카라반 얘기하다 말았지……. 오, 세상에…… 그 안이 얼마나 썩은 내로 진동했는지! 퀴퀴한 고린내에, 찌든 담배 냄새, 그리고 축축한 쿠션에 핀 곰팡내, 온갖 냄새들이 다 뒤엉켜 있었지. 아우스트* 방향제를 잔뜩 훔쳐다 뿌려 대고 싶을 정도였으니까.

* 존슨사에서 판매하는 방향제 상표 이름.

나는 그곳에서 많은 시간을 보냈다. 수업은 늘 땡땡이 쳤고, 자송의 부모가 나를 엿보지 못하도록 연장 창고 옆 오두막 디딤돌에 쭈그려 앉아 줄담배를 피웠다.

기분이 바닥을 칠 때면 이제 내 인생은 다 끝났다면서 TV에서 나오는 〈열혈 청춘〉을 보면서 부탄 가스나 빨고 싶다고, 그러다 햇빛 한줄기가 비추면 내가 카미유 같다고 중얼거렸다. 나야말로 수도원 같은 감옥에 틀어박혀 법적으로 성인이 될 날만을 기다리며 썩고 있는 거라고. 그래도 언젠가는 달라지지 않겠느냐고 중얼거렸다. 어떻게 해야 할지는 몰랐지만, 쳇! 어쨌든 햇빛은 있었으니……. 햇살 아래 두 눈을 감고 있으면, 뭐라도 믿고 싶어졌으니까…….

물론 그동안 남자가 자송만 있었던 건 아니다. 하루는 소리를 꽥꽥 지르는 그의 부모를 참지 못하고, 옷 꾸러미를 챙겨 들고 다른 늙은 부모들을 겁주려고 달아났다.

어느 날인가, 프랭크와 헤어진 지 한참 지났을 때였는데, 시내에서 우연히 그를 본 적이 있다. 그도 나를 본 것이 분명했다. 하지만 다른 일로 바쁜 척하면서 그냥 지나쳐 갔다. 그런 그가 고마웠다.

왜냐하면 그때의 나는 예전의 내가 아니었다. 그날의 나는 시장 바닥에서 할 일 없이 배회하는 천박한 여자였다. 훔친 차를 자랑스럽게 치장하듯 창녀처럼 옷을 입고, 얼굴에는 짙은 화장을 하고 있었다. 아니, 그때의 나는 빌리가 아니었다. 의견을 존중해 주고 싶은 그런 빌리가 아니었다. 그냥…… 몸 파는 여자였을 뿐.

그렇다니까, 꼬마별아. 있는 그대로 솔직하게 얘기하는 거야. 가장 추잡한 대기실 같은 곳에서 보낸 그 시절은 카미유와 페르디캉이 아니라, 빌리 홀리데이와 그녀의 엄마를 떠올리게 했다.

물론 난 창녀였다. 그건 나도 잘 알고 있었다. 그런데 뭐? 나는 그저 내가 내 몸을 가지고 휴식과 먹을 것을 얻을 수 있다는 걸 깨달았을 뿐이었다. 심지어 두리번거리면 약간의 애정도 덤으로 얻을 수 있다는 것도……. 그러니…… 그걸 마다하는 건 정말 바보 같은 짓이었다. 안 그래? 물론 빈민촌에서 나를 끄집어내 준 그 많은 남자들을 사랑한 건 아니었다. 그렇다고 그들이 최악의 남자들도 아니었다. 하긴 부자를 상대하는 창녀와 가난뱅이를 다루는 창녀가 다를 게 뭐가 있을까. 그저 옷이 몇 벌이냐의 문제일 뿐. 내 옷은 대형 할인 매장 비닐봉투에 넣고 다닐 테고, 고급 창녀들은 럭셔리한 드레스 룸에 걸어 두겠지. 뭐, 각자 수입도 능력도 다른 거니까. 안 그래?

나는 그저 내가 할 수 있는 걸 했다. 다른 걸 할 수 있을 때까지 내 몸을 좀 이용했을 뿐이었다.

나는 하루라도 빨리 열여덟 살이 되기만을 기다렸다. 운전 면허증을 따서 마침내 미니(하하!)를 운전하거나 카지노에 출입(하하하!)하고 싶어서는 아니었다. 마트에서 좀 더 편안한 마음으로 물건을 훔치고 싶어서 그랬다. 물건을 슬쩍하다 붙잡히면 성인이 되기 전까지는 여지없이 경찰이 아버지에게 연락을 했다. 그게 죽기보다 싫었다. 그게 오히려 내겐 지옥이었다. 그래서 되도록 짜잘한 물건들만 훔쳤다. 도둑질하는 또래 아이들이 나를 존중해 주는 데 시간이 더 오래 걸린 것도 그 때문이었다.
자, 이게 내 삶이었다. 나의 미래에 대한 계획도 그게 다였다.

그래. 그날 프랭크 뮈뮈가 날 못 본 척해 준 건 정말 신사다운 행동이었다. 그 후에도 여러 번 그날 얘기를 할 기회가 있었다. 그날 처음으로 부끄러움이라는 게 뭔지 깨달았다. 그가 나를 보자마자 외면해 주었기에 곧바로 안도의 한숨을 내쉴 수 있었다. 물론 그는 그날 정말 날 못 보았다고 주장했지만, 하지만 나는 안다. 그가 나를 봤다는 걸. 클로딘느가 내게 해준 얘기가 있으니까.

프랭크를 만난 지 한참 지난 어느 날 아침, 마을 상점에서 클로딘느와 마주쳤다. 나는 그날 옷을 사고 있었고, 그녀는 우표를 사고 나오는 길이었다. 물론 그녀는 날 보고 미소 지었지만 그녀의 눈에는 나에 대한 실망감이 가득 배어 있었다.

그래, 아주 빠르게 스쳐갔지만 읽어 낼 수 있었다. 늘 방어 자세를 늦추지 않았던 어린 시절의 경험 덕분에, 나를 살피는 타인의 눈에 스쳐가는 아주 작은 비밀스런 생각조차 모두 잡아 낼 수 있었으니까. 어찌할 수 없는 본능이었다. 클로딘느는 아무 일도 없었다는 듯 나를 꼬옥 끌어안았다. 그리고는 웃으면서 마약은 절대 사줄 수 없어도 츄파춥스나 사탕은 얼마든지 사주고 싶다고 했다. 원하면 등긁개도 사주겠다며 뭐든지 고르라고 했다. 그때 그녀는 보았을 것이다. 마스카라를 덕지덕지 덧입힌 내 눈썹을. 눈에서 눈물이 막 쏟아져 나오기 직전이었다는 것도. 누군가 내게 선물을 사주고 싶다는 말을 들은 게 너무 아득한 기억이라 눈물을 글썽거렸다는 것도. 그래. 그녀는 모두 다 보았다. 하지만 그녀는 '가여운 아이 같으니라고……. 정말 힘들게 살았구나. 너한테 안 어울리는 옷을 입고 있어서 알아볼 수가 없구나. 너무 나이 들어 보이는구나' 라고 말하지 않았다. 같은 마음을 담았지만 전혀 다른 방식으로, 아름다운 방식으로 내게 말을 걸었다.

갈림길에서 헤어지기 전, 마치 이제 막 생각이 났다는 듯이
말했다.

"아, 참! 빌리야, 집에 한 번 들르렴. 전해 줄 편지 한 통이 있
거든······. 아니 두 통이었나······."

"편지요?" 내가 물었다 "누가 보낸 건데요?"

그녀가 거의 소리를 지르다시피 답했을 때는 이미 나와 한참
멀어진 뒤였다.

"너의 페르디카카카앙!"

눈물이 났다.
꼬마별아, 그럴 때는 울어도 되는 거지?

그래.
그럴 때는 그래도 되는 거였다.
왜냐하면 아주 예쁜 눈물이니까······. 클로딘느 할머니······.

☆

몇날 며칠을 초조하게 서성대다 클로딘느를 보러 가기로 마음먹었다.

지금도 왜 머뭇거렸는지 알 수 없지만 한 가지는 분명했다. 두려웠기 때문이었다. 혼자 찾아가는 게 두려웠다. 프랭크가 무슨 말을 했을지 알게 되는 게 두려웠다. 지난 번 닭집 앞에서 마주친 여자가, 창녀처럼 입은 여자가 나였느냐고 묻지는 않을지, 그날 입은 가죽 점퍼를 사려면 얼마나 많은 남자들에게 몸을 내줘야 하는지 묻지는 않을지, 내게 실망했다고, 나라는 아이를 알고 있다는 사실조차 너무 부끄러우니 더는 만나지 말자고 통보하려는 건 아닌지.

그렇다. 두려웠다. 그래서 클로딘느 집 문을 두드리러 가기 전까지 5일 내내 혼자 속앓이를 했다.

그날은 예전의 빌리처럼 입고 찾아갔다. 그러니까, 맨발에, 청바지에, 화장기 없는 맨 얼굴로. 클로딘느에게야 그리 중요하지 않은 일일 테지만 내게는 그렇지 않았다. 마치 프랭크와 행복해했던 옛날의 내 모습으로 돌아간 것만 같았다.

그 전에는 화장을 다 지워 낸 얼굴을 보려고 일부러 거울을 마주한 적이 없었다. 그날 아침, 머리를 질끈 묶은 내 얼굴을 거울에 비춰 보며 슬며시 미소 지었던 기억이 있다. 앳된 소녀의 해맑은 얼굴이 거기에 있었다. 아…… 얼마나 기분이 좋던지, 뜻밖의 희미한 미소를 띤 내 얼굴이 얼마나 예뻐 보이던지.

얼마나 평화로웠는지…….

*

편지 봉투에는 내 이름이 적혀 있었다. 클로딘느 집 주소 아래에 마드무아젤 빌리라고 또박또박 적혀 있었다.

마드무아젤 빌리…….

세상에! 얼마나 가슴이 두근거렸는지 모른다. 그런 편지는 처음이었다. 그것도 여러 통을 한꺼번에. 난생처음이었다. 편지 봉투에는 내 이름이 정성스럽게 적혀 있었고 그 옆에는 진짜 우표가 붙어 있었다.

편지를 받자마자 클로딘느 집에서 나왔다. 그녀 앞에서 편지를 열어 보고 싶지 않았다. 아니, 영원히 열어 보고 싶지 않았다. 수집함에 넣어 두고는 영원히 열어 보고 싶지 않았다.

편지를 주머니에 넣고는 걷기 시작했다.

목적지 없이 무작정 걸었다. 지금 생각해 보니 내 머리는 몰랐어도 내 발은 알고 있었던 것 같다. 나의 두 발이 나보다 더 똑똑하다는 듯 여러 곳을 배회하더니 나를 카미유의 지하 묘지로 데리고 갔다.

낡은 지하 창고 문을 열고 안으로 숨어들었다. 그리고는 예전처럼 작은 제단 아래 웅크리고 앉았다.

고요함, 침묵, 망각의 소리, 푸른 이끼와 새소리, 녹슨 쇠사슬에 부딪치는 바람 소리, 이 모든 것이 나를 편안하게 해주었다. 이리저리 남자들 품을 옮겨 다니기 전의 어린 빌리, 좀 더 고귀한 소녀가 되기를 원했던 예전의 빌리를 되돌려주었다. 아름다운 감정들을 쉽게 마음에 새길 수 있었던 옛 시절을 떠올리게 했다. 내게도 계속 나아갈 수 있는 잠재력이 있다고 믿게 해주었던 그 시절을.

정신과 의사가 나를 봤다면 아마도 엄마의 뱃속에 웅크리고 들어앉은 듯 포근한 마음 상태라고 말하거나 그와 비슷한 엉터리 분석을 길게 늘어놓았을 텐데 다행히 정신과 의사는 없었다. 그저 프랭크의 편지만이 있었다. 솔직히 그게 그 어떤 의사보다 훨씬 더 효과적이었다.

너무 편안했다. 내 자신을 잊어버릴 정도로. 깜박 잠이 들었던 것도 같다.

잠시 후, 날짜를 확인하며 천천히 하나씩 편지를 뜯기 시작했다. 첫 번째 편지는 바둑판 문양의 노트 낱장에 이렇게 적혀 있었다.

안녕 빌리! 잘 지내고 있지? 나도 잘 있어. 너도 잘 알겠지만 이제 주말마다 할머니 집까지 갈 시간이 없어. 할머니가 많이 외로워하실 거야. 그래서 매주 이렇게 할머니 집으로 네게 쓴 편지를 부치려고 해. 네가 나대신 할머니를 방문해 줄 수 있겠니? 그렇게 해주면 너무 고마울 텐데. 네게 귀찮은 일이 아니었으면 좋겠다.

프랭크가

두 번째 편지는 그가 사는 도시 풍경을 찍은 볼품없는 엽서였는데, 성당, 성채, 뭐 이런 것들이 보였다.

안녕, 빌리. 잘 지내고 있기를 바라. 나도 잘 있어. 할머니한테 소포 잘 받았다고 전해 줄래?

프랭크가

편지들을 각각의 봉투에 잘 정돈하고 나자 갑자기 뜨거운 감사의 눈물이 흘러내렸다. 내가 멍청하다는 거야 어릴 때부터 수도 없이 들어 잘 알고 있었지만, 적어도 이번만큼은 편지에 감춰진 프랭크의 의도가 뭔지 알고도 남았다. 프랭크는 내가 창녀처럼 하고 다니는 것을 보았고, 그 때문에 가슴이 아팠고, 그래서 할머니에게 나를 보내고 싶었던 거다. 내 자신을 포기하지 않도록 도와주고 싶었던 거다.

그렇다. 적어도 일주일에 한 번은 화장을 말끔히 지우고, 나를 따뜻하게 맞이해 주는 할머니의 집에서 석류 주스나 오렌지 주스를 마시게 하고 싶었던 거다.

어쩌다 몇 주 만에 클로딘느를 만나러 갈 때도 있었는데, 프랭크의 편지는 늘 나를 기다리고 있었다. 그는 한 번도 약속을 어긴 적이 없었다. 방학 때만 빼고 거의 3년 동안 매주 수요일, 그다지 예쁘지도 않은 엽서에 "잘 지내길 바라. 나는 잘 지내고 있어."라고 적어 보내 왔다. 그때마다 나는 나를 판단하지 않고 그대로 받아 주는 할머니의 눈길을 마주할 수 있었다. 그녀의 집에 오래 머물지는 않았다. 부드러운 맛을 너무 많이 보았다가는 더 위험해질 수도 있는 전투 모드로 살고 있던 때였으니까. 그렇게 잠시 예전의 내 모습으로 돌아가는 것만으로도 내 삶의 다음 장이 펼쳐지기까지 견딜 수 있었다.

*

그러다 한 번은 클로딘느 할머니 집 초인종을 눌렀는데, 안에서 그녀가 누군가와 통화하는 소리가 들려왔다. (부엌 쪽 창문이 열려 있었다) "잠깐, 기다려. 빌리가 왔어. 왜 있잖아. 지난번 얘기한 그 불쌍한 아이 말이야……." 그 말이 내 심장을 후벼 팠다. 나는 곧바로 도망치듯 달아났다.

젠장, 왜 내 얘기를 그런 식으로 하는 거지? 나는 이미 열여섯 살이고, 남자들하고 섹스도 하는데, 그리고 남에게 뭘 요구한 적도 없고……. 그런 식으로 내 얘길 하는 게 부당하다는 생각이 들었다. 한 마디로 역겨웠다. 모욕적이었다. 빌리! 멀리서 내 이름을 부르는 소리가 들렸지만 무시해 버렸다. 제길, 한두 발짝, 앞으로 내딛는 순간, 내 안에서 무엇인가가 찢겨 나가는 느낌이 들었다. 다시 되돌아가야 했다.

그래. 내 맘에 들든 들지 않든, 어쩔 수 없이 나는 불쌍한 아이였다. 아니라고 주장할 만큼 넉넉함도 호사도 내 자신에게 베풀 수 없었으니까.

클로딘느는 다시 돌아온 나를 따뜻하게 껴안아 주었다. 그러고는 함께 카페오레를 마셨다. 편지를 받고 나서 나도 그녀를 안아 주었다.

클로딘느 집을 나서면서 나는 여전히 병자였지만 왠지 부쩍 성숙해진 느낌이었다. 마음이 날아갈 듯 가벼워졌다.

그 무렵 내가 학교도 포기하고, TV만 보면서 빈민촌 출신답게 제일 별 볼일 없는 남자들의 따까리 노릇만 한 것은 아니었다. 닥치는 대로 일도 했다. 베이비시터, 노인 돌보기, 도우미는 물론 밭에서 돌 고르기, 감자 크기 분류하기 등 온갖 아르바이트를 마다하지 않았다.

일자리를 구할 때면 늘 나이 제한에 걸렸다. 사람들이 아무리 나를 착취하고 싶어도 고용할 수가 없었다. 그들 표현을 빌리면 그럴 권리가 없었다. 물론, 그게…… 자기네 노부모 목욕이나 용변 처리 일은 맡겨도, 제 값을 주면서 다른 일을 시키자면 법적인 문제에 걸려 그럴 수 없었다.

한동안 프랭크와 연락이 두절된 채 지냈다. 그가 방학 때는 물론 몇 번째 주말에 집에 오는지 알고는 있었지만, 그가 집 밖에 나오는 걸 본 적은 없었다. 그때 그가 나를 몹시 필요로 하고 있었다는 사실을 한참 지난 뒤에나 깨달을 수 있었다. 왜 내가 그의 집 문을 두드리고, 그를 어두운 상념들에서 꺼내 주지 못했는지, 왜 그럴 용기를 내지 못했는지 내 자신이 원망스러울 뿐이다. 하지만 그 무렵엔 내가 누군가를 도울 수 있다고 상상도 하지 못했다. 그만큼 나 스스로도 중심을 잃고 지내던 때였으니까.

누구는 '내 청춘의 시기'*라고 노래했지만 나에게 그 시절은 생존을 위한 투쟁의 시간들이었다. 프랭크, 정말 미안해. 네가 나처럼 힘들어했다는 건 정말 몰랐어.

네가 아주 편안한 방에서 음악을 들으며 공부에 몰두하고 있다고 생각했으니까. 잘 지내고 있다고 생각했지. 평범해 보이는 사람들도 문제가 있을 수 있다는 걸 그때는 몰랐거든.

*

그러던 어느 날, 큰 변화가 일어났다.

---

* 알랭 수숑의 노래 〈내 청춘의 시기를 한탄하며〉에서 인용. 그의 노래는 어린이와 청소년에게 매우 친근한 가사와 사회 비판적인 내용이 특징적이다.

물론 의도한 건 아니었겠지만 아버지가 드디어 처음으로 날 위해 좋은 일을 했다.

감전사라고 했다. 고속철도 선로 어딘가에 전깃줄인지 뭔지를 훔치러 갔다가 사고를 당한 것이었다.

얼마 후, 어느 날 아침, 시장이 나를 찾아왔다. 그때 나는 집시들하고 감자를 크기에 따라 나무통에 골라 담고 있었다.

그가 흙투성이인 내 손을 붙들며 악수했다. 그때 나는 알았다. 바람의 방향이 달라졌다는 걸. 그렇다. 잘 지내라는 친절한 인사를 건네는 그에게 희미한 미소로 답하며 나는 나무통 쪽으로 걸어갔다.

꼬마별아, 꼬마별아. 내 얘기가 지루하니? 그런 거야?

프랭크, 빌리, 고개를 들어. 고개를 들라고!

시장은 돌아서며 일주일 뒤에 시청 사무실로 찾아오라고 했고, 나는 그대로 했다. 그가 내게 말했다. 첫째, 새엄마와 아버지가 정식으로 결혼하지 않았고, 둘째, 우리가 사는 빈민촌의 한쪽 땅을 내가 물려받게 되었는데, 꽤 가격이 나가는 부지라고 했다. 왜냐고? 다들 높은 지대의 그 땅에 휴대전화 기지국인지 무슨 안테나인지를 설치하고 싶어 한다는 것이었다.

쳇…… 다시 말해…… 오래전부터 시청에서 날아 온 그 많은 우편물들, 읽지 않고 내버린 그 많은 편지들이 다 그 때문이었던 것이다.

그랬다. 요약하면 내가 그 땅의 유일한 상속자고, 시장은 그 땅을 매입하고 싶다는 것이다.

쳇…….

상속 관련 서류 절차를 밟다 보니, 어느 새 나는 열여덟 살 성인이 되었다. 그 사이 새엄마와 아이들은 서민 아파트로 이사를 했고, 나는 11,452유로를 상속받았다. 변호사가 일러준 대로 나는 세금을 냈고, 우체국에 내 이름으로 된 통장을 개설했다.

그 무렵, 새엄마는 내게 다정하게 굴었는데, 얼마라도 뜯어내려는 속셈이었다. 때로는 온갖 협박도 서슴지 않았다. 못해도 땅값의 절반은 자기가 받아야 한다고, 안 그러면 내가 진짜 배은망덕한 년이라며 거침없이 욕을 해댔다. 자기가 없었으면 내가 어찌 되었을 것 같으냐며, 더러운 하녀의 딸을 친딸처럼 거둬 보살폈다고 투덜거렸다.

그동안 새엄마와 살면서 별별 욕을 다 들었지만 '하녀'라는 말은 처음이었고, 그 말은 지금까지도 상처로 남아 있다. 뭐라고 할까. 돈이 좀 생겨 부자가 되었다고 상처를 잊고 바로 단단

해지는 건 아닌 법이다. 그녀는 내게 은혜를 모르는 못된 년이
라고 했는데, 그렇게 하면 혹시 내가 동정이라도 해줄 거라고
생각했던 것 같다. 하지만 나는 너무 잘 알고 있었다. 새엄마가
어린 시절 내내 나라는 존재를 얼마나 못마땅해하고, 미워했는
지. 자라면서 끊임없이 자기 삶을 완전히 망쳐 놓은 아이라는
욕설을 들어야 했으니까. 다행히도 나는 간신히 새엄마에게서
도망쳐 나올 수 있었다. 그녀가 늘 갖고 싶어 했던 안마의자를
그녀의 아파트에 배달시키고는 영원히 빠져나올 수 있었다.

그 무렵, 주위 사람들은 하나같이 내게 다정하게 다가왔다.
온 마을에 내가 큰 부자가 되었다는 소문이 퍼졌던 것이다. 수
백만 유로를 유산으로 받았다고들 수군댔다. 나는 소문이 퍼지
도록 그대로 내버려 두었다.

사람들이 길에서 나와 마주칠 때마다 인사를 건넸다. 하지만
나는 예전처럼 하던 일을 계속했고, 그러다 마침내 합법적으로
직업을 가질 수 있는 나이가 되자마자 마트에 계산원으로 취직
했다.

그 당시, 나는 마뉘라는 남자와 동거 중이었는데, 그도 예전
보다 훨씬 내게 친절히 대했다. 그가 어떻게 날 구워삶았는지

몰라도 내게 자동차 수리비를 지불하게 했고, 오랫동안 꿈꾸던 사냥총도 선물로 받았고, 내가 그를 사랑한다고 믿게끔 만들었다. 한 마디로, 모든 게 순조롭게 굴러갔다. 서로 결혼 얘기만 꺼내지 않으면 문제될 게 없었다.

나는 수녀원에서 지참금이 없어 눈물을 머금던 카미유의 친구들을 떠올렸다. 세상은 정말 모두 돈으로 계산되는 건지도 모른다.

그렇다. 나는 기꺼이 행복한 척하며 지냈다. 그렇다고 정말 행복하다고 믿으라고 요구하는 건 다른 문제였다.

11,452유로.

나는 그냥 내게 주어지는 걸 받아들였다. 일자리도 있고, 많지는 않아도 모아 둔 돈도 있고, 폭력을 휘두르지 않는 남자 친구도 있고, 같이 수리한 작은 집에는 전기 히터도 있었다. 행복했느냐고 물으면……, 글쎄……. 어쨌든 뭔가 해보고 싶다는 의욕은 있었으니까.

다시 말해 모든 게 잘 돌아가는 듯했다.

꼬마별아. 아마 그때는 내가 널 그다지 찾지 않는다고 느꼈을 거야. 그러던 어느 토요일 저녁이었다. 마뉘가 사냥을 끝내고 카페에서 술 한 잔을 걸치고 돌아왔다. (아니, 먼저 카페에 들렀다 사냥하러 갔고, 또 카페에 들렀는지도 모른다.) 그가 반쯤 취해 비틀거리며 계속 낄낄거렸다. 재미있는 얘깃거리가 있다는 듯 말을 꺼냈다. 어이, 저기 있잖아. 그 게이…… 너 알아, 어디더라, 그 촌구석에 살던 게이 말이야. 그 왜 절대 인사하는 법 없고, 여자애처럼 옷 입고 다니던……. 거, 아, 같이 사냥 갔던 애들이 샤르메트 근처를 혼자 어슬렁거리고 있는 그놈을 붙잡아 후끈하게 덮쳐 줬지. 그런데도 아무 대꾸도 하지 않고 잘난 척하는 거야. 젠장! 그래서 미미쉬네 아파트 C 15동으로 데리고 갔지. 거기서 뭘 했는지 알아? 발정 난 암컷 멧돼지 오줌으로 목욕을 시켜 줬지. 진짜라니까. 거 있잖아, 뭐지……, 통나무 위에 올려놓는 거. 미끼로……. 그래, 수컷을 유인하려고 쓰는 거 있잖아. 그거 한 통을 몽땅 들이 부었다니까. 웩! 당연히 쫄딱 젖었지. 그런 다음에 숲에 내던지고 돌아왔다고. 그 게이 놈, 아마 초죽음이 될 정도로 그짓을 했을걸. 엄청 바라던 바였을 텐데 잘된 거지 뭐. 웩! 웩! 아, 젠장. 얼마나 배꼽 빠지게 웃어 댔는지 몰라. 아, 그 바보, 그 게이 놈…… 아마 오늘 황홀한 밤을 보낼걸. 내일 아침 찾아와서 고맙다고 할지도 몰라. 제대로 걸을 수나 있을지 몰라. 안 그래? 웩!

지금도 또렷하게 기억이 나는데, 그때 나는 다리미질을 하고 있었고, 꽤 늦은 밤이었다. 젠장, 한 마디로 온몸이 감전되는 것만 같았다. 그 자리에서 단번에 헐크로 돌변해 버렸으니까. 순간적으로 내 본능을 되찾은 거지.

그때까지 잘도 뒤집어쓰고 있던 얌전한 할머니 가죽이 갈가리 찢어지면서 빈민촌 출신의 성난 괴물로 변신한 거였다.

쳇, 내게 온갖 총을 장전하는 법을 가르쳐 준 아버지와 다른 멍청이들이 고맙게까지 느껴졌다. 총 쏘는 걸 무서워하며 우는 나에게 더러운 쓰레기 더미에서 바글거리는 벌레들을 향해 쏘라고 협박하던 그들이 너무나 고마울 따름이었다.

정말 그랬다.

정말 고마웠다.

나는 유물로 받은 총을 만지작거리기 시작했다.

물론 마뉘는 내가 왜 그러는지 영문도 몰랐다.

나는 아무 말도 하지 않았다. 다리미 전선을 뽑았고, 다림판을 접어 지하실에 정리했다. 그러고는 방에 들어가 그의 스포츠 가방에 내 옷가지들을 담았다. 서류들을 챙겼고, 가죽 점퍼를 걸치고 손가방을 움켜쥐었다. 이어 문에 얌전히 기대 있는 사냥총을 집어 들고는 그가 오줌으로 맥주를 몽땅 뽑아 낼 때까지 기다렸다. 드디어 그가 화장실에서 나왔다.

그는 나를 보며 뭘 하려는지 모르겠다는 표정을 지었다. 멍청이. 나는 문에 대고 한방 날렸다. 그의 고막 한쪽이 떨어져 나갔을 게 틀림없다. 그제야 그는 내가 뭘 하려는지 깨달았다.

그는 한 손을 귀에 댄 채 프랭크를 내동댕이치고 온 곳으로 나를 데리고 갔다. '프랭크를 찾아내지 못하면 널 당장 쏴 버릴 거야', '프랭크에게 조금이라도 문제가 생기면 네 피로 차 앞 유리가 뒤범벅이 되게 해줄 테니 두고 봐'라고 씩씩대며 경고하는 내 목소리가 낯설게 들릴 정도였다.

우리는 클랙슨을 울리며 헤드라이트 불빛을 비춰 가며 그를 찾아다녔다. 마침내 승마 산책로를 따라 걷고 있는 프랭크를 발견할 수 있었다.

사냥총, 나의 매서운 눈길, 만취한 채 공포에 질려 차를 모는 얼간이, 그리고 프랭크……. 프랭크는 곧바로 벌어지고 있는 상황을 파악했다. 얼른 차 뒷좌석에 올라타고는 바로 그의 집으로 향했다.

"짐을 꾸려서 집에서 도망쳐 나와. 나처럼." 내가 말했다.

그가 자리를 비운 10분 동안, 얼간이 운전수는 쉬지 않고 중얼거렸다.

"쟤 아는 애야? 쟤 아냐고? 쟤 알고 있었어?"

그래, 이 바보야. 알고말고.

그러니 이제 입 닥쳐. 나한테도 소중한 것이 있는 법이야. 그러니 내 의견을 존중하라고.

우리의 친절한 운전수는 프랭크의 학교가 있는 도시까지 데려다주었다. (꼬마별아. 학교 이름은 얘기하지 않을게. 넌 알고 있잖아.) 이어 경찰서 앞에 차를 세우고는 프랭크에게 경찰을 불러오라고 했다. 경찰 두 명이 놀라 뛰쳐나왔을 때 나는 내 유물로 받은 총을 선물이라고 하면서 옛 동거인에게 건넸다.

아, 그게, 경찰 아저씨, 이걸 갖고 있으면 절도죄에 걸릴까 봐…….

경찰들은 어리둥절해하면서 마녀의 자동차가 멀리 사라질 때까지 바라보았다. 그러는 사이 우리는 다른 쪽으로 도망칠 수 있었다. 경찰은 체면이라도 차리려고 소리를 마구 질러 대더니 서둘러 경찰서 안으로 들어갔다.

지금 와서 하는 말이지만, 그날 저녁은 진짜 추웠다.

우리는 역 근처의 허름한 모텔에 들어갔다. 욕조가 달린 방을 달라고 했다. 프랭크는 온몸이 멍투성이였다. 추위에 멍들고,

나 때문에 멍들고, 이리저리 멍들어 시퍼렇기만 했다. 그래, 그때 그는 나를 두려워했던 것 같다. 당연한 일이었다. 20년 집시의 삶이 단번에 눈앞에 펼쳐졌으니. 결코 장난 같지 않았을 것이다.

욕조에 뜨거운 물을 받아 놓고는 어린아이를 다루듯 그의 옷을 벗겨 주었다. 그의 그것을 스치듯 보았지만 오래 바라보진 않았다. 그대로 물 속에 들어가게 했으니까.

그가 욕실에서 나왔을 때 나는 TV 영화를 보고 있었다. 그는 깨끗한 속옷으로 갈아입고는 침대에 누워 있는 내 곁에 다가와 앉았다.

우리는 아무 말 없이 영화만 보았다. 이어 불을 *끄고*는 어둠 속에서 상대가 입을 열 때까지 기다렸다.

나는 아무 말도 할 수 없었다. 그저 숨 죽인 채 흐느끼고 있었다. 그가 가까이 다가와 내 머리칼을 부드럽게 오래오래 쓰다듬다가 마침내 속삭였다.

"이제 끝났어. 나의 빌리, 이제 끝났어. 다시는 그곳으로 돌아가지 않을 거야. 쉿……, 이제 다 끝났어. 내가 약속해.

하지만 내 눈에서는 눈물이 쉬지 않고 흘러내렸다.

그러자 그가 내 팔을 붙들어 주었다.

나는 더 크게 울었다.

그러자 그가 웃었다.

그래서 나도 따라 웃었다.

우리의 얼굴은 온통 눈물 콧물로 뒤범벅이 되었다.

☆

나는 몇 시간이고 쉬지 않고 눈물을 쏟아 냈다.

마치 내 안을 틀어막고 있는 배수구 마개를 뽑아 낸 듯, 배수관을 열어젖힌 듯, 수문을 활짝 개방한 듯, 태어나서 처음으로 방어 태세를 완전히 풀고 울었다. 태어나서 처음이었다.

태어나서 처음으로 편안하다는 게 어떤 건지 깨달았다. 보호 받는 느낌 같은 거. 모든 게 단번에 내 안에서 튀어나왔다. 버림 받음, 굶주림, 추위, 더러움, 우글거리는 이들, 내 몸에 들러붙은 악취, 싸늘하게 식은 담배꽁초, 시꺼먼 땟자국, 빈 술병들, 비명 소리, 따귀, 푸른 멍, 추한 것들, 낙제 점수, 거짓말, 폭력, 공포, 도둑질, 더러워진다면서 집 화장실에서 소변을 보지 못하게 하던 제이슨 부모, 먹다 남은 음식들, 그리고 아주 유용하게 돈으로 환산할 수 있었던 내 엉덩이와 유방, 그리고 입술, 내 처지를 교묘히 이용할 줄 알았던 놈팡이들, 착취에 가까웠던 아르바이트, 적어도 손톱만큼은 나를 진심으로 사랑했고, 내 집을 갖게 될 거라는 환상을 주었던 마뉘…….

나는 이 모든 걸 눈물로 게워 냈다.

내 안이 비어 갈수록 빈 곳에 프랭크가 차올랐다. 이 느낌을 어떻게 말로 설명할 수 있을까. 내가 눈물을 쏟아 낼수록 그는 점점 긴장을 풀고 편안한 얼굴이 되었다. 그의 얼굴이 차츰 순한 모습으로 바뀌어 갔다. 그가 내 귓가에 난 머리칼 한 올을 손가락에 걸고는 돌돌 말았다. 그러다 피식 웃으면서 놀렸다. 나를 캘러미티 제인*으로 혹은 또라이 카미유, 꼬마 빌리로 불렀다. 그리고 미소 지어 보였다.

그는 내 얼굴을 알아보지 못했다고 말했다. 불쌍한 마뉘가 운전하는 동안 그놈의 목덜미에 총부리를 대고 있던 날 알아보지 못했다고 했다. 그의 귓불이 완전히 짓이겨졌고, 급회전을 할 때면 찢겨진 귓불이 대롱대롱 흔들렸다고 자세히도 묘사했다. 그놈한테 당장 경찰을 데려오라고 명령했던 내 목소리를 흉내도 내고, 마뉘의 입가에 "네 선물이다."라고 소리치면서 어떻게

* 미국 서부 개척 시절의 여걸로 무슨 일이든 도맡아 하는 능동적인 여성상의 상징.

총부리를 흔들어 댔는지도 얘기했다. 그러다 갑자기 피식 웃기까지 했다. 그래. 그는 웃고 있었다.

　내가 그를 온전히 이해하게 된 것은 시간이 한참 지난 뒤였다. 나를 만나기 전, 얼마나 외롭고 쓸쓸한 전쟁을 혼자 힘으로 치러야 했는지를 고백한 뒤였다. 그날 밤, 내가 힘들어하는 것을 보고 너무 행복했다고 말했다. 자기 팔에 안겨 끊임없이 흐느끼며 발작의 경계선에 있는 나를 느꼈을 때, 그는 더 이상 죽음을 택할 수 없는 첫 번째 이유를 찾아냈던 것이다.
　내가 흘린 눈물들이 그를 계속 살아갈 수 있게 한 연료가 되어 주었다고 했다. 나를 놀린 건 나를 안심시키고, 어떤 상황에서도 웃을 수 있다는 걸 보여 주기 위해서, 그리고 앞으로도 꼭 그렇게 하겠다는 걸 증명해 보이기 위해서였다고 했다. 빌리, 내 말 들어 봐, 내 말을. 우리의 삶이 아무리 곰팡내 난다 해도, 이렇게 둘이 작고 낡았지만 한 침대에 누워 있을 수 있잖아……. 애기야, 그러니까 울지 마. 네가 내 곁에 있기에 지금처럼 참기 힘든 순간을 넘길 수 있는 거야. 네 덕분에 고통스런 것들을 몽땅 다 털어 낼 수 있다고. 네가 우리를 구출해 낸 거야. 오, 그래 그래. 울고 싶으면 울어도 좋아. 자……, 한참 울고 나면 잠이 잘 올 거야. 그래……, 울어도 돼……. 우리가 힘겨운 첫발을 내딛긴 했지만, 이다음에 죽음을 앞두고 지난 세월을 돌아보며 이것만은 자신 있게 말할 수 있을 거야. 속 좁은 바보들이 내게 불어 넣은 두려움과 공포심으로 가득한 가짜의 내가 아니라, 진짜의 내가 이 모든 삶을 살고 경험했다고······.

사실, 그는 그냥 '쉿' 했을 뿐이다. 하지만 이 한 마디에 모든 게 들어 있었다.

연극 연습을 하면서 프랭크가 보여 준 다정함이 없었다면, 그가 먼 곳을 응시하면서 빌리 홀리데이의 어린 시절을 얘기해 주지 않았다면, 수녀원에 감금당하다시피 갇혀 지낸 그 몇 해 동안 클로딘느 할머니 댁으로 보내 준 작은 엽서들이 없었다면, 아마 나는 그런 미친 짓을 저지르지 못했을 것이다. 나의 미친 짓이 없었다면 프랭크 역시 끝까지 버텨 내지 못했을 테고.

자, 꼬마별아. 내가 좀 더 멀리 가도 되겠니? 조금 전 내가 한 말, 너무 잘난 척한 건 아니지? 다음 단계로 넘어갈 수 있는 통행증으로 사용해도 되겠니?

아니라고?

왜 아닌데? 마지막 판결을 내리기 전, 좀 더 냉철한 판단을 하려면 어떻게 내가 우리를 이 깊은 산속 구렁텅이로 끌어들이

게 되었는지 정도는 알아야겠다고?

좋아, 좋아. 그럼, 계속할게…….

나는 더 울 힘이 없을 정도로 지쳐서야 잠이 들었다. 눈을 감으며 그에게 절대로 날 버리지 않겠다고 맹세하라고 했다. 그가 곁에 없으면 내가 바보 같은 짓을 너무 많이 저지른다고 고백하면서…….

그가 한 번 더 웃음을 보였다. 뒤로 숨어들 듯 조금은 주춤거리며, 그 바보 같은 웃음을 지으며 이렇게 말했다.

"오, 그거라면 얼마든지! 네가 원하는 대로 할게. 목숨을 걸고 약속하지!"

이어 접힌 팔꿈치 안쪽으로 고개를 파묻고는 낮은 목소리로 말했다.

"오…… 빌리…… 내가 그 맹세를 잊고 있었구나……."

*

어이, 꼬마별! 시즌 2 어때? 제법 괜찮지. 안 그래?

섹스, 액션, 사랑 그 모든 게 다 들어 있잖아.

그다음은 너도 알겠지만, 덜 파격적이야.

그다음은 두 젊은이가 난관을 헤쳐 나가는 것만 남았으니까. 별로 특이한 건 없어. 더구나 저 아래쪽 하늘이 희뿌옇게 밝아 오기 시작하는데 언제까지 이러고 있을 수도 없고. 아마 저쪽이 동쪽일 거야……

그래. 영화관에 불이 들어오기 전에 빨리 마지막 부분을 얘기해야겠다.

☆

다음 날 아침, 우리는 파리 행 기차를 탔다.

기차 안에서 프랭크는 지금까지 살아온 자기 얘기를 해주었다. 오직 아버지 마음에 들려고 법학과에 진학했고, 집세를 절약하려고 사촌과 같이 파리 외곽에 작은 집을 빌려 살고 있다고 했다.

그는 법도, 사촌도 좋아하지 않는다고 했다. 파리 외곽은 더 더욱.

그에게 뭘 하고 싶으냐고 물었다.

그는 보석 세공 학교에 가는 게 꿈이라고, 그 학교의 입학 선발 시험을 준비하고 싶다고 했다.

"보석상 주인이 되고 싶어?" 내가 물었다. "목걸이, 시계, 그런 걸 팔고 싶어?"

"아니야. 파는 거 말고 만드는 거."

그는 컴퓨터를 켜고는 자기가 그린 그림들을 보여 줬다. 너무 아름다웠다. 모래로 뒤덮여 있는 낡은 궤짝의 뚜껑을 내게 열어 보여 준 것만 같았다.

보물 상자…….

왜 자신이 좋아하는 걸 하지 않고, 맘에도 없는 아버지 말만 따르려고 하느냐고 물었다.

그는 지금까지 한 번도 자신이 하고 싶은 걸 해본 적이 없다고 대답했다. 언제나 아버지에게 복종했다고.

왜 그랬냐고 물었다.

그때 그는 창문을 닫으며 바쁜 척했다.

한참 뒤, 그가 대답했다. 두려워서 그랬다고.

뭐가 두려웠는데?

잘 모르겠다고 대답했다.

또다시 아버지를 실망시킬까 봐 두려웠고.

이 실망감이 또다시 엄마에게 전염될까 봐 두려웠다고.

엄마를 또다시 더 깊은 땅속에 묻을 수는 없었다고.

나는 아무 대답하지 않았다. 부모 얘기라면 할 말이 없었으니까.

그는 자신의 꿈 얘기를 하다 말았고, 우리는 조용히 기차 여행을 했다.

파리에 도착하자 가방은 수하물 보관소에 맡겨 놓고 관광객처럼 파리를 돌아다니자고 했다. 그의 집, 아니 사촌 집에 들어가기 전에. 우리는 4년 전 수학여행 때 돌아다녔던 길을 따라 걸었다.

4년…….
그동안 나는 무엇을 했지?
아무것도.
남자의 그걸 빨아 대고, 감자를 고르고…….

슬픔에 젖어 지냈을 뿐.

그때와는 날씨가 완전히 달랐다. 겨울이었고, 몹시 추웠다. 센 강은 춤추지 않았고, 다리를 건너는 사람은 아무도 없었고, 좌판대 자물쇠는 끊어져 있거나 쓰레기통에 처박혀 있었다. 사람들은 공원에서 해를 바라보며 피크닉을 즐기지 않았고, 테라스에서 페리에를 마시며 수다를 떨지 않았다. 그들의 발걸음은 분주했고, 더는 미소 짓지도 않았다. 다들 인상을 찌푸리고 다녔다.

우리는 3.20유로나 하는 커피를 (그것도 스몰 사이즈로) 마셨다.

3.20유로…….

어떻게 그럴 수 있지?

그러면서 한편으로 겁이 났다.

혹시 마뉘가 응급실에 실려 간 건 아닌지, 빨래를 제때 돌리지 않아 세탁기에서 곰팡내는 나지 않는지……. 그에게 간단한 메시지라도 남기고 싶어질까 봐 아예 공중전화 부스 쪽은 돌아보지 않았다.

생각만 해도 끔찍했다.

*

프랭크 사촌은, 귀족 출신처럼 이름이 여러 개 줄줄이 달리고, 큼직한 코에 깍듯하게 예의를 차리고, 라코스테 셔츠까지 입었지만, 자송 부모들이 그렇듯 나를 무시했다.

참! 아니다. 정확히 말하면. 예의와 위선을 어떻게 요리하는지를 배운 사람이었으니 그들보다 더 형편없었다.

내 앞에선, 프랭크의 여자 친구라고 소개하는 말에 '아!', 만

나서 반갑다는 말에 '아!'라고 감탄하면서 내게 편하게 지내라고 했다. 하지만 저녁 무렵 내가 욕실에 들어간 것을 확인하고는 당장이라도 핵폭탄이 나사 지국에 투하될 것처럼 초상집 분위기를 연출하는 것이었다. "프랭크, 내 말 잘 들어······. 계약할 때 이런 건 명시하지 않았잖아!"

그 소리를 듣자마자 나는 당장 뛰쳐나가려고 했다. 솔직히 그건······ 견디기 너무 힘든 일이었다······. 한 번도 기차를 타 본 적 없고, 언제나 버려진 채 나뒹구는 생리대를 떠올리는 어린 빌리에게는.

나는 태어날 때부터 불청객이었다. 어디를 가든, 무엇을 하든, 어떤 걸 시도해도 나는 항상 걸리적거리는 사람이었고, 그 대가로 한 대씩 맞곤 했다.

프랭크가 뭐라 대답했는지는 들리지 않았다. 그는 그냥 방에 들어와 내게 자기 침대를 내주고 자신은 바닥 한쪽 구석에 자리를 잡았다. 그러면서 일본 사람들은 이렇게 자는데도 우리들보다 훨씬 오래 산다고 덧붙였다. 그래, 그는 방에 들어와 내 곁에 앉아, 두 손으로 내 머리를 붙든 채 눈을 똑바로 응시하면서 말했다.

"헤이, 빌리 진? 날 믿을 거지?"

나는 고개를 끄덕였다. 그는 내게 앞으로 계속 나가야 한다고, 모든 것이 잘될 거라고 말했다. 하지만 당분간만 이렇게 지내기로 사촌과 협상한 것에 대해선 말해 주지 않았다. 쳇! 그렇게 말해 줘도 아무 상관없었는데…….

나는 그를 믿었고, 다른 할 일을 찾지 못했기 때문에, 예전처럼 집안일을 하는 데 몰두했다. 남자들이 아침에 집을 비우면 그때부터 빨래도 하고, 저녁 식사도 준비했다.

음식 만드는 게 정말 좋았다. 아무것도 아닌 걸로도 사랑받을 수 있다는 게 무엇보다 좋았다. 온갖 요리를 시도하면서 음식 간 맞추는 데만 신경쓰다 보니 어느새 몸무게가 3킬로그램이나 불기도 했다.

사촌인 아이메릭은 그 덕분인지 꽤 온순해졌다. 내게도 예의 바르게 굴었다. 그렇다고 다정해진 건 아니었다. 그저 예의 바르게, 집에서 부리는 하녀들을 어떻게 다루어야 하는지 너무 잘 아는 사람처럼 행동했다. 난 아무 상관없었다. 그저 있는 듯 없는 듯 행동했고, 되도록 프랭크에게 짐이 되지 않으려고 애썼을 뿐이었다. 그게 오히려 편안했다. 늘 방어적 자세를 취하던 나였으니……. 태어나서 처음으로 내 그림자가 두렵지 않았다. 몸을 갑자기 획 돌리거나 등 뒤에서 발자국 소리가 울려도 두렵지 않았다.

이 모든 걸 즐길 수 있었다.

오후에 산책을 나갈 때면 길을 잃지 않으려고 버스 정류장을 따라 걸었다. 그리고 고속도로 건너편에 있는 대형 쇼핑 센터를 어슬렁거렸다. 애인의 세베 고글을 끼고 다니는 꽤 까탈스런 된장녀 행세를 했다. 그렇지 않아도 따분해 못견뎌 하는 판매원들을 종종 귀찮게 할 때도 있었다. 그중에는 조금씩 나를 피하기 시작한 이들도 있었고, 지루함을 달래려고 자기들 얘기를 주절거리는 이들도 있었다.

물론 물건을 산 적은 한 번도 없었다. 그러다 어느 날 미장원엘 갔다.

머리를 감겨 주던 여자아이가 내게 물었다. 머리 마사지 받기를 원하느냐고. 나는 아니라고 대답하려다 고개를 끄덕거렸다. 아무도 몰랐지만 그날은 내 생일이었으니까……

크리스마스도 지나고 어느 새, 새해 첫날이 되었지만 나는 여전히 혼자였다. 마트 계산원하고 친해졌다고 프랭크에게 맹세하듯 얘기했다. 늘 투덜거리는 그 금발머리 계산원 말이야, 그 친구가 날 초대했어. 이혼하고 혼자 지내는데 자기 아이들하고 같이 식사라도 하재. 절대 거짓말하는 게 아니라고 강조했다.
내가 선물로 산 장난감까지 보여 주면서 여러 차례 얘기했기 때문에 그는 그렇게 믿고 마음 편히 외출했다.
그건 그를 위해 준비한 선물이었다.

어쨌든 크리스마스의 기적 같은 건 전혀 믿지 않았다.
그게…… 그러니까…… 뭐라고 해야 할까?

*

한 가지 날 괴롭히는 게 있었는데, 바로 술이었다.
혼자 지내는 시간이 많아지다 보니 술을 입에 대기 시작했다.
권태, 고독, 낯섦 때문에, 그리고 집안일로 목이 말라서라고 핑계를 대면서, 내 자신을 위해서 보상해 줄 필요가 있다고 중얼거리며 맥주를 마시기 시작했다.
집 아래층, 식료품 가게에서 330ml짜리 맥주 캔을 사들고 왔다.
이어 500ml,
이어 한 팩.
술꾼들처럼.

부랑자들처럼.

새엄마처럼.

슬픈 일이었다.

너무 슬픈 일이었다.

왜냐하면 잘 알고 있었으니까. 내 자신을 빤히 들여다보고 있었으니까…….

그랬다. 내가 뭘 하고 있는지 너무나 잘 알고 있었다.

맥주 캔을 딸 때, 피식하는 소리가 날 때마다 보았다. 나의 한 부분이 사라져 버리는 것을…….

알코올 중독자들이 술을 마실 때마다 하는 말들을 나 역시 되뇌었다. 이건 맥주일 뿐이야. 목이 마르니까 마시는 거지. 내일은 양을 좀 줄여야겠다. 아니, 내일부터 그만 마셔야지. 어쨌든 내가 원하면 언제든 그만 마실 수 있어. 하지만 나는 내 안에서 무슨 일이 일어나고 있는지 정확하게 알고 있었다.

너무도 정확하게.

이 부분에 있어서는 꽤 훌륭한 교육을 받았으니까.

한 모금만 마셔도 알 수 있었다. 침몰 중이라는 걸. 이 거지 같은 유산……. 나의 머리, 팔, 다리, 심장, 신경, 모든 것을 그대로 흡수해 버리는 스펀지를 물려받았던 것이다.

즐비하게 늘어선 자동차 홍수 속에서 길을 잃고, 할 일 없이 방황하는 촌뜨기 여자에게, 술은 무엇을 해줄 수 있을까?

그녀가 빈민촌 출신이라는 걸 일깨워 주고…….

생활비가 모자라도 술을 끊기는 어려우니 술병을 다시 훔치게 만들고, 상가 경비원들의 보안 감시에 걸려 들게 하고.

일이 더 이상 커지지 않게 그들에게 돈 몇 푼 받으며 몸을 내주게 하고, 그러다 돈을 좀 더 받고 또 몸을 내주게 하고, 결국은 이 바닥에서 유명세를 타게 해주지.

자기 손에 권력 나부랭이를 쥐고 있다고 믿는, 그러다 점차 아랫도리까지 그 권력을 휘두를 수 있다고 믿는 할인 마트의 카우보이 복장을 한 경비병들과 놀아나게 해주고, 친구들도 사귀게 해준다. 그것도 온갖 부류의 친구들을…….

매일 저녁 요리를 해줘도, 책에서 고개 한 번 들지 않는 두 남자보다 더 다정한 남자 친구들을…….

죽도록 싫어하는 아버지의 뜻에 따라 원치도 않는 공부를 하느라 방 안에 틀어박혀 있는 프랭크 뮐러를 잊게 해주는, 그런 남자 친구들을…….

식탁에서 자신이 제일 멍청한 여자라는 사실을 끊임없이 깨닫게 해주는 프랭크와 그의 사촌 때문에 받는 스트레스를 풀어주는 그런 남자들을 사귀게 해준다.

그리고 치마길이를 더 짧아지게 해주고…….

점점 더 짧게.

점점 더 속이 비치도록.

한 마디로, 술은 그녀를 창녀로 만들어 준다.

하루는 오후 무렵, 새로 사귄 친구들을 보러 나가다 계단에서 프랭크와 마주쳤다. 젠장. 그의 스케줄을 잘못 알아들었던 것이다.

엉덩이가 다 드러나는 짧은 미니스커트에, 훔친 거라 짝도 맞지 않는 부츠를 신고 있었다. (이것도 다 도난 방지 장치 탓이다). 나는 루이비통 가방을 잽싸게 들어 올려 방패막처럼 둘 사이를 가로막았다.

내가 왜 그랬는지 모르겠다. 정작 그는 조금도 나무라지 않았는데……. 오히려 그 반대였다.

"어이, 꼬마 빌리! 오늘 무지 추운데, 괜찮겠어? 그리고 나갔다간 감기 들 텐데"

그에게 바보 같은 대꾸 한 마디를 했던 것 같다. 최악의 순간에 그가 보여 준 친절에서 애써 벗어나려고……. 하지만 몇 시간 지나지 않아, 쓰레기 보관 창고에 숨어 두루마리 화장지 더미에 기댄 채 비번인 경비원과 뒤엉켜 있는데, 프랭크의 부드러운 목소리가 들리는 것이었다. 순간 내 자신이 너무나 초라해 보였다.

경비원은 아주 친절했고 함께 즐거운 시간을 보내고 있었지만, 문제는 그게 아니었다. 그냥 다른 방향으로 더 나아갈 수가 없었다.

그럴 수가 없었다. 그것이 어디로 가 닿는지 너무 잘 알고 있었다. 끝이 어딘지 잘 알고 있었다.

엄마란 존재는 바로 이럴 때 필요한 게 아닐까. 쓰레기 창고의 문 밖으로 아이를 밀어 내기 전, 화장지 두루마리와 대걸레를 정리하는 걸 도와주는 친절한 엄마든, 두 눈을 부릅뜨고 혼을 내는 무서운 엄마든.

집으로 돌아오는 길 내내 나는 그런 생각에 잠겨 있었다. 내 인생에서 하루쯤은 내 자신이 스스로 나의 엄마가 되어 주어야 했다. 내게 나 같은 딸이 있었으면 어떻게 했을까. 나만큼 꼴 보기 싫고, 매일 징징거리는 딸이 있었다면 어떻게 했을까. 아무리 남편한테 버림을 받았다고 해도 한 번쯤은, 적어도 하루쯤은 깊이 생각해 봐야 했다.

이보다 힘든 일도 얼마든지 겪어 냈으니.

나는 고개를 숙인 채 걸어갔다. 하이힐을 길바닥에 질질 끌며 걸었다. 혼자 씩씩거리며 엄마와 딸 역할을 번갈아 가며 연기했다.

나는 술에 취해 있었고, 형편없었다. 천박했다.

나는 권위에 익숙하지 않았다. 젠장, 왜 지금 와서 무슨 자격으로 날 훈계하려 드는 거냐고. 그동안 그렇게 나를 고통 속으로 몰아넣었으면서. 남몰래 땅에 묻어야 했던 산산조각 난 새끼 고양이들, 새엄마에게 뭔가 예쁜 걸 선물하면 날 낳아 준 엄마에게 나쁜 짓을 하는 것 같아 어머니날이 돌아올 때마다 건네주지 못했던 선물들, 나를 덜 떨어진 아이로 대했던 그 많은 선생들, 내가 가난해서 굽실거리는 거라고 오독했던 멍청한 선생들……

슬픔들……. 꼬리에 꼬리를 물고 이어지는 작은 슬픔들…….

젠장. 이제 와서 내게 삶이란 이런 거라고 설명하려드는 건 너무하잖아…….

그러니 꺼져. 창녀 같으니라고.

꺼지라고.

꺼져 버리는 거, 엄마의 전문 아닌가요.

나는 눈살을 찌푸리고, 뱀파이어처럼 쇼윈도를 노려보았다.

나는 속으로 아니라고 중얼거렸다. 아니야. 아니…… 맞아. 맞아…….

아니야.

맞아.

아니야.

내가 사춘기 반항아 흉내를 내려고 이렇게 반박하는 건 아니었다. 내 스스로에게 이런 질문을 던지는 게 너무 힘들었기 때문이었다. 다른 건 다 괜찮아도, 나의 자존심을 건드리는 것만은……

고통스러웠다.

프랭크를 위해서라면 감옥까지도 갈 수 있다는 건 이미 증명해 보였다. 하지만 나의 플뢰시 부인께서 지금에 와서 내게 바르게 행동할 것을 요구하는 건 감옥보다 더 끔찍했다.

그 어떤 것보다 끔찍했다.

왜냐하면 빈민촌의 나와 지금의 나 사이에는 자존심밖에 남은 게 없다. 지금까지 그것밖에 없었고, 앞으로도 그럴 것이기 때문이다.

그것은 나의 유일한 방어벽이고, 유일한 피신처였다.

결코 내 자존심만은 건드리고 싶지 않았다, 절대로. 죽을 때까지 고스란히 간직하고 싶었다. 누군가 나한테 제대로 씻지 않아 머리를 긁적이는 거라, 몸에서 햄스터 썩는 냄새가 난다며 모욕을 해도 다시는 흔들리지 않기 위해서라도.

꼬마별아, 너는 이해하지 못할 거야. 내가 소설에나 나오는 걸 과장해서 얘기하고 있다고 생각하겠지.

내가 카미유 역을 연기하고 있다고. 혼자 떨어져 나와 세상과 맞선 채 말이야.

누구도 이해하지 못할 거야. 아무도. 오직 나만 알고 있어. 새끼 고양이의 무덤가에서 눈물을 흘리던 빌리만이 알고 있지.

그러니 넌 정말 지겨워.

너희들 모두 다 지겨워.

다 아무것도 아니야.

절대 나의 생명 보험인 자존심만큼은 건드리지 않을 거야.

☆

나는 집으로 돌아왔다. 프랭크는 방에서 열심히 공부하는 중이었다. 나는 그의 눈을 똑바로 바라보지 못한 채 편한 옷으로 갈아입었다.

바보 같은 사촌 아이메릭이 테니스 라켓을 등에 메고 학교에서 돌아왔을 때, 나는 개그 프로를 보는 중이었다.

그가 예의를 다해 물었다.

"오늘 저녁엔 어떤 맛있는 게 준비되어 있을까?"

"없어." 나는 지난번 것보다 좀 더 점잖은 색으로 매니큐어를 바르며 대답했다.

"오늘 저녁엔 프랭크를 식당에 초대할 생각이니까"

"아…… 그, 그래?" 그는 시뻘겋게 달아오른 눈동자를 이리저리 굴리면서 우물거렸다. "어쩐 일로 그가 이런 영광을 누리는 걸까……."

"축하할 일이 있거든"

"아아…… 그래? 너무 실례가 아니라면 뭔지 물어도 될까?"

"위선에 쩐 너의 얼굴을 더 이상 보지 않아도 되거든. 그러니 축하할 일이지, 이 멍청아!" (그런데 사실 기가 꺾이는 바람에 나는 '깜짝 소식이지' 라고만 말했다.)

"오오오! 이거 듣던 중 반가운 소리인걸."

젠장…… 하늘이 점점 더 밝아오고 있어……. 멍청이랑 바보처럼 낄낄거리는 것은 그만두고 서둘러야겠다.

자. 안전벨트 단단히 매고…….

어서 시즌 3으로 달려가야지. 더는 질질 끌 시간이 없어.

☆

그날 저녁, 나는 프랭크를 중국인이 경영하는 피자집에 초대했다. 그는 딱딱한 칼조네 피자를 먹었고, 나는 우리의 두 번째 운명을 두 손에 쥐고 있었다.

예전에 파리 수학여행 때 '예술의 다리'에서 속으로 다짐했던 비밀 약속 얘기를 그에게 들려주었다.

어떻게 그걸 입 밖으로 꺼낼 수 있었는지 모르겠다. 항상 머릿속에 있었는데. 이제 말해야 할 때가 된 것이었다.

이제 떠날 때가 되었다고 했다. 모두 다 너무 거지 같다고. 사촌은 너무 멍청하고, 그런 추한 것들을 보려고 여기까지 온 건 아니었다고. 다른 부류의 얼간이를 견디려고 온 건 아니었다고.

그가 옷을 잘 입는 건 맞지만, 프레베르 중학교 애들만큼 멍청한 건 똑같다고.

파리 어딘가에 우리 둘이 살 곳을 마련해야 한다고 말했다. 아무리 좁아도 괜찮다고. 우린 이미 좁은 방에서 같이 지내며 서로를 존중하는 법을 터득하지 않았느냐고, 더욱이 난 카라반에서 자랐기 때문에 아무리 좁아도 상관없다고. 그런 건 내 주특기라고. 잠자리에 관한 한 온갖 시련은 다 겪어 봤다고.

내가 하루 중 가장 좋아하는 시간은 저녁 무렵인데, 그 시간은 바로, 그가 내게 등을 돌리고 아무도 지키지 않는 멍청한 법 조

항을 끙끙대며 외우는 대신, 온 정신을 그림 그리는 데 몰두하는 시간이라고. 그런 그를 바라보는 그 시간이 너무 좋았다고.

그렇다. 그것은 우리가 파리에 살기 시작한 후 그의 모습 중 유일하게 내게 남아 있는 가장 아름다운 장면이었다. 그가 그린 그림들, 특히 고개를 숙이고 그림에 몰두해 있을 때 그의 얼굴에 번지는 그 편안함……. 그건 내가 어렸을 때 본 어린 왕자의 얼굴이었다. 학교 운동장 멀리서 볼 수 있었던 그 얼굴, 폭탄을 맞은 듯 나풀거리는 머리칼, 내가 그렇게 필요로 하던 한 순간, 날 꿈꾸게 만들던 노란 빛깔의 목도리.

그에게 용기가 있다는 걸 내게 보여 줘야 한다고 말했다. 내게는 가족과 닻줄을 완전히 끊어야 한다고 명령하다시피 요구하면서, 정작 자신은 그 반대로 행동하고, 나를 끊임없이 가르치려 드는 건 말도 안 된다고 반박했다.

우리는 누구나 자신이 원하는 사람을 사랑할 권리가 있다고, 그가 남자들을 사랑하는 것도 마찬가지라고 말했다. 누구도 그걸 탓할 수 없다고 말했다. 단지 고집불통 머릿속에 한 가지만 명심해 두라고 했다. 이제 그의 아버지와는 다 끝난 거라는 사실 말이다.

자신의 성 정체성을 용서받으려고, 그것도 절대 바뀌지 않을 자신의 정체성을 용서받으려고 거지 같은 변호사 공부를 할 필요는 없다고 단호하게 잘라 말했다. 그의 아버지는 결코 그를 이해하지도, 받아들이지도 못할 거라고. 아니, 용서조차 하지 않을 거라고, 그러니 어떻게 사랑해 줄 것을 기대할 수 있겠느냐고.

적어도 이 문제에 관한 한 내 말이 옳다고 했다. 내가 직접 겪어 봐서 아는데, 자식들과 담을 쌓고도 잘 사는 부모들은 얼마든지 많다고.

내 경우만 봐도 알겠지만, 그렇다고 죽으라는 법은 없다고 말했다. 얼마든지 다른 방법으로 어려움을 극복할 수 있다고, 다른 해결책을 찾을 수 있다고. 그러면서 내게는 프랭크가 바로 가족이 되어 주었다고 했다. 아버지, 엄마, 오빠, 언니가 되어 주었다고 말했다. 그래서 너무 좋았다고, 새 가족을 만나 너무 행복하다고 말했다.

그때 이미 나는 눈물을 찔끔거리고 있었다. 칼조네 피자는 거의 식었지만 나는 말을 멈추지 않았다. 나란 아이는 그렇다. 어쩔 수 없다. 창녀이든지 든든한 후원자이든지, 둘 중 하나다.

그러니 부질없는 공부는 다 때려 치고, 보석 학교 입학 준비반에 등록하라고 했다. 안 그러면 죽을 때까지 후회하게 될 거라고, 그는 결국 자신이 원하는 걸 해내고야 말 거라고 격려했다. 충분히 그럴 자격과 소질이 있다고.

그런 면에서 어찌 보면 삶은 공정치 못하다며 투덜거렸다. 누구는 남들보다 더 많은 기회를 누리고, 누구는 더 많은 소질을 가지고 태어났다고. 기분 나쁜 일이지만 어쩔 수 없다고. 사람들은 부자에게만 돈을 빌려 주는 법이라고.

결국 프랭크는 해내겠지만 그러려면 용기를 잃지 말고, 열심히 일해야 한다고 힘주어 말했다.

이제부터 내가 그의 엄마, 아버지, 그리고 오빠, 언니가 되어 줄 테니 법학 책 따위는 쓰레기통에 처박아 버리고 용기를 내보라고. 어쨌든 그가 머릿속을 비우고, 생각을 바꿀 때까지 내가 끈질기게 매달려 설득하고 말 거라고.

돈은 내가 벌 테니, 그는 학교에만 다니라고 했다. 일자리 찾는 건 어렵지 않을 거라고. 남들보다 영악하진 못해도 그래도 피부색이 다른 외국인 노동자도 아니고, 서류상 하자도 없으니 괜찮을 거라고. 그건 별로 걱정하지 않아도 된다고 했다. 감자 고르는 일만 아니면 된다고. 그런데 파리에선 그런 일자리는 없을 테니 걱정할 거 없다고.

(이건 웃자고 한 말인데 별 효과가 없었다. 그는 전혀 웃지 않

았다. 그의 아래턱에 피자가 거의 뭉개져 있는 걸 보고는 더는 원망하지 않았다.)

우리가 두려워할 건 아무것도 없다고 말했다. 모든 게 순조롭게 굴러갈 거라고. 파리를, 우울하고 비쩍 말라 힘없어 보이는 파리지앵들을 두려워할 필요는 더더욱 없다고 했다. 그 자들은 손가락으로 가볍게 튕기기만 해도 벌렁 나자빠지고 말 거라고, 커피 값으로 3.20유로를 내는 이들은 우리에게 절대 위험한 존재가 아니라고 했다. 그렇지. 조금도 걱정할 필요 없다고, 우리가 자란 시골, 오물로 뒤범벅된 그런 곳 출신인 우리에겐 적어도 배짱이 있다고, 우리가 그들보다 더 단단하다고, 그것도 엄청나게. 그들보다 더 용기가 있으니 우리가 모두 다 점령해 버릴 거라고 했다.

이어 아주 오랫동안 침묵이 흘렀다. 그 침묵이 이상했는지, 웨이터가 다가와 음식에 무슨 문제가 있느냐고 물었다.

프랭크는 그 말조차 듣지 못했다.

다행히 내가 알아듣고 웨이터에게 피자를 좀 더 뜨겁게 데워 줄 수 있느냐고 물었다.

"물론이죠."

그는 고개를 숙이며 대답했다

그 사이에도 프랭크는 나를 뚫어지게 바라보았다. 이름이 잘 기억나지 않는 사람을 대하듯 바라보았다. 그래서 머리가 지끈거리기 시작한다는 듯.

잠시 후, 너그러운 사람처럼 그가 잘난 척했다.

"빌리야, 너, 말, 정말 잘하는걸……. 법은 네가 공부했어야 했는데, 그랬다면 법정에서 사람들을 감동시킬 수 있었을 텐데……. 법학과에 등록하지 않을래?"

그의 말투가 어찌나 건방지든지…….

나한테 그런 말을 하다니, 정말 못됐어……. 그가 전학 간 이후로 학교 쪽은 거들떠보지도 않은 나에게…….

그런 반응은 그답지 않았고, 아주 형편없었다.

피자가 다시 데워져 왔고, 우리는 조용히 피자를 먹기 시작했다. 분위기가 망가지기 시작한 걸 파악하고서야 그는 내게 상처를 준 걸 후회했다. 나를 웃기려고 내 정강이를 발로 툭툭 건드렸다.

이어 슬그머니 웃으며 말했다.

"네 말이 맞다는 거 알아……. 나도 알아……. 그런데 어쩌겠어? 아버지한테 전화해서 이렇게 말할까?"

"여보세요, 아버지? 제 말 잘 들으세요. 처음 꺼내는 말인데요, 제가 실은 게이에요. 법학 같은 건 내 알 바 아니고요, 아버지가 뭘 생각하는지도 알 바 아니고요, 법학 대신 구슬 목걸이와 귀고리 디자인을 하고 싶다구요. 여보세요? 제 말 듣고 있죠? 그러니까…… 그게…… 내일 빌리 마마 눈에 더는 멍청이로 보이고 싶지 않으니 수표 좀 보내 줄래요?"

"……."

프랭크가 말은 조리있게 잘했지만 대실패였다.

난 전혀 웃지 않았다. 조금도.

대신에 그의 멍청한 사촌 아이메릭처럼 굴었다.

오히려 완전히 흥미를 잃은 사람처럼…… 퉤……, 하고 그의 접시에 올리브 씨를 뱉었다.

"아니, 돈은 문제가 안 돼. 돈은 나한테 있어."

꼬마별아, 우리는 꽉 막힌 현실을 전망 있는 미래로 만들려고 꽤 오래 이야기를 나누었단다. 이 장면이 너무 마음에 들어서 화면을 캡처해 놓았지. 프랭크는 내가 자기들의 둥지를 불법 점검한 뻐꾸기인 줄 알았는데, 사실은 황금빛 부리와 날개를 지닌 우아한 독수리였고, 심지어 황금빛 삶으로 이끄는 황금 열쇠를 쥐고 있다는 것을 깨달은 표정을 지어 보였다.

독수리를 꼬치 요리로 선보였다면 어땠을지 모르지만, 어쨌든 화요일 저녁 10시, 중국인이 경영하는 텅 빈 피자집 안은 마치 플래시가 연속적으로 번쩍거리며 터지듯 환하게 빛났다.

나는 이럴 때 남자들이 어떻게 나오는지 충분히 짐작하고 있었다. 그는 예상대로 완고하게 거절했다.

그래서 이다음에 광장에 상점을 열게 되면 그때 다 갚으라고 했다. 어떤 광장일지는 모르지만 아마 중앙에 커다란 기둥 같은 게 우뚝 서 있을 거라고 했다. 엄청나게 불어나 있을 이자 역시 절대 잊지 않고 청구하겠다고 덧붙였다. 그런데도 그는 생각을 바꾸지 않고, 마초처럼 행동했기에 나는 두 손을 들고 백기 투항 했다.

나는 모두 다 실토했다. 내가 왜 조금 전 창녀 같은 옷차림으로 층계를 뛰어 내려갔는지 털어놓았다. 비번인 경비원과 쓰레기 창고에서 두루마리 화장지 더미에 기댄 채 그 짓을 하기 위해서였다고. 경비원은 물론 자신의 욕망을 채우기 위해서 그랬겠지만, 어쨌든 그는 내 욕망을 채워 주려는 친절을 베푼 셈이라고……

경비원은 자신의 것으로 나를 잘 위로해 주는 재주가 있었다고. 그때서야 그가 내 제안을 받아들였다.

"네가 지금 내게 주는 선물…… 결국 그 경비원이 주는 거네……"

그가 천박한 나의 목소리를 흉내내며 말했다.

*

꼬마별아, 시간이 얼마 남지 않았어. 빨리 요약해야겠다.

흠, 그런데 그건 별로 중요하지 않다는 거 너도 잘 알 거야……. 우리에게 가장 중요한 얘기는 다 했으니까.

그때부터 우리는 서로의 상황을 파악하는 데 너무 많은 시간을 낭비했다. 따뜻했던 피자가 식었다 다시 덥혀져 나오고, 다시 식었다 새까맣게 타서 나오고, 결국에는 싸늘하게 식은 칼조네 피자를 프랭크가 다 먹어 치울 때까지 우리의 미니 워크래프트*는 계속되었다. 그러다 끝내 다 반환해야 했지만. 곤봉, 도끼, 갑옷, 뾰족 투구, 바보 같은 것들 몽땅 다…….

우리는 싸우는 데 너무 지쳐서 이제 다음 사람에게 바통을 넘겨야 했다.

이제부터 우리도 쁘띠 보보스족**이 되는 거야. 젠장! 아 참, 이런 천박한 욕은 하지 말아야 하는데, 그래도 지금은 그냥 할래. 젠장…… 진짜 좋다!

* Warcraft. 게임 이름
** 부르주아의 물질적 실리와 보헤미안의 정신적 풍요를 동시에 누리는 미국의 새로운 상류 계급을 가리키는 용어로, 부르주아와 보헤미안의 합성어. '보보' 라고도 한다.

오, 그래. 파리지앵처럼 바보가 돼 보는 거 진짜 괜찮을걸. 찌그러진 자전거, 주차 문제, 부당한 교통 위반 딱지, 바글거리는 식당, 배터리가 바닥난 휴대전화, 엉터리 벼룩시장 개장 시간 정보들을 보면서 화도 버럭 내보고…….

얼마나 좋아, 정말 좋다. 정말 그렇다니까…….

절대 포기하지 않을 거야!

*

요약해 보자.

우리의 두 주인공, 프랭크와 빌리는 파리로 떠났고, 예전에 약속했던 대로 파리에서 살았다.

2년 동안 다섯 번 이사를 했는데, 그때마다 집을 조금씩 넓혀 갔고, 새로 이사 간 집 문턱을 넘을 때마다 두려움도 함께 벗어 던질 수 있었다.

프랭크는 원하는 학교에 입학했고, 빌리는 꽤 다양하고 화려한 직장에서 일을 했다. 고백하건대, 그녀는 언제나 운이 좋았다. 결코 함정에 빠지지 않았다.

꼬마별, 네가 너무 좋아!

그들은 각각 사랑에 빠졌다. 진심으로 사랑했고, 상대의 깊은 내면에 빠졌다. 그들은 사랑을 믿었고, 서로 많은 얘기를 나누었고, 서로에게 용기를 주었고, 그러다가도 환상을 버렸다. 그들은 웃고, 울고, 서로를 위로했다. 그러면서 마침내 파리를 깊이 알게 되었다. 파리의 자존심과 특권 의식, 그리고 다양한 의무와 위험스런 인간 관계, 파리에 대한 세세한 지역 정보들, 샘물의 위치까지도.

그들은 개미처럼 부지런히 일했고, 서로 먹여 주고, 붕대를 감아 주고, 버터를 발라 주고, 술에서 깨어나는 것을 도와주고, 큰 소리도 지르고, 헤어지고, 서로를 먹어 치우고, 엉망진창으로 만들고, 서로를 썩게 만들고, 미워하고, 서로를 빼앗고, 다시 서로를 알아가고, 실망하고, 좋아하고, 다시 만나고, 오랫동안 서로에게 어깨를 내주었다. 특히 그들은 함께 고개 드는 법을 배웠다.

그렇게 둘이서 그 많은 시간을 살아 냈다.

둘이서.

그 후 몇 년이 지나는 동안 둘은 여러 차례 헤어졌다. 하지만 피델리테가에서 얻은 방 두 개짜리 오피스텔만큼은 계속 남겨 두었다. 각자 상황에 따라, 각자 애인들과의 우여곡절에 따라 둘 중 한 사람이 그 집을 돌보았다. 그곳은 지금까지도 이 땅에서 둘이 공유한 유일한 피난처로 남아 있다.

빌리는 휴가 때를 빼고는 프랭크 다음으로 그녀의 유일한 가족이 되어 준 도시, 파리를 떠나지 않았다. 반면 여전히 착한 아들로 남아 있는 프랭크는 명절이나 기념일이면 기차로 고향에 다녀오곤 했다.

프랭크의 아버지는 아들에게 더는 말을 걸지 않았지만, 문제될 건 없었다. 그의 아버지는 '사보타지'* 게임을 하는 친구 패거리들 외에는 아무하고도 말을 하지 않았으니까. 그리고 그의 엄마는 여전히 마약 중독자였다. 프랭크가 집에 갈 때마다 그의 할머니는 빌리에게 안부 인사 전하는 걸 한 번도 잊지 않았다. 이따금씩 살짝 눅눅해진 사블레 비스킷을 선물로 주기도 했다.

벌써 3년 전의 일인데, 그 무렵 빌리는 매일 저녁 마레 지구** 의 보석 세공 아틀리에에서 임시직으로 일하는 프랭크를 데리러 갔다. 그는 사귀던 애인과 헤어지고 솔로로 돌아와 야간 근무를 하고 있었다. (계약서에는 물론 야간 근무 조항은 없었지만 너무 많은 걸 바라는 건 무리였다.) 그는 아침을 먹는 빌리 옆에

* 인터넷 게임 이름
** 파리 중심에 위치한 지역으로, 파리의 상징적인 광장인 보주 광장이 있다. 레스토랑. 화랑. 부티크들이 이 광장을 따라 조성되어 있다.

서 전날 저녁에 마시고 남은 샤블리 와인을 희망과 함께 홀짝거렸다. 그러는 가운데 그녀의 삶에 큰 변화가 일어났다.

프랭크의 작업이 종종 늦어질 때가 있었다. 빌리는 아틀리에에서 그를 기다리다 작업실 앞의 꽃집 할머니가 가게 문을 닫는 걸 조금씩 거들기 시작했다. 할머니가 힘들게 겨우겨우 물동이나 작은 회양목 화분, 온갖 잡동사니들을 가게 안으로 들여 놓는 걸 보고 가만히 있을 수 없었다. 아무 일도 하지 않고 마냥 프랭크를 기다리는 것도 답답했다. (솔직히 말해 안 그러면 카페오레를 마시기보다는 술을 마실 위험이 있었으니까).

그러면서 할머니와 나누던 잡담이 점점 진지한 대화로 이어졌고, 작은 꽃바구니 만드는 걸 도와주던 것이 어느새 장례식을 위한 십자가 꽃 장식을 할 수 있게 되었다. 이런저런 작은 충고에서 시작한 일이었는데, 많은 걸 배울 수 있었다. 토요일에 잠깐 짬을 내던 일이 일주일 내내 이어졌다. 작은 시도들이 큰 변화를 일으켰고, 그런 변화가 작은 성공들로 이어졌다. 아르바이트로 조금씩 벌던 용돈이 점차 제대로 된 월급으로, 작은 행복이 커다란 사랑으로 바뀌었다. 마침내 빌리는 꽤 이름난 플로리스트가 되었다.

꼬마별, 이건 너무 당연한 일이었어. 당연하고말고.

빌리는 아름다움을 창조하기 위해 태어난 아이니까. 단지 사람들이 그녀에겐 그런 능력이 없다고 무시하고 학대해 왔을뿐.

의심할 여지도 없지.

우리의 겁쟁이 빌리가 어떻게 이웃사람들 사이에서 인기 스타가 되었는지, 그러면서 작은 동네를 넘어서 헝지스 전 지역까지 알려질 수 있었는지, 하룻밤에 다 얘기할 수는 없다. 어떻게 잡지 편집장들, 데코레이터들, 그리고 파리의 파워 플로리스트들의 입에서 입으로 소문이 조금씩 번져갔는지…… 이 모든 얘기를 하려면 책 한 권은 필요할 거야.

왜냐하면 그녀가 비록 출신 배경은 떨어질지 몰라도 꽃에 관한 한 부유한 집안의 딸들에게 멋진 강의도 할 수 있었으니까.

이 분야에서만큼 그녀는 탁월한 소질을 가지고 있었다.

신은 빌리가 원하는 모든 것들을 창조해 냈다.

머리(머플러)에서 발끝(신발)까지 (날씨에 상관없이) 오직 꽃 문양으로만 장식한 기상천외한 옷들(헌옷 가게에서 고른)을 입고, 머리는 팬톤사*의 온갖 다양한 색깔들로 물들이고, 기분에 따라서는 그녀의 강아지(복슬개와 다리 짧은 사냥개가 섞인 종으로 둘보다 못생겼지만) 털을 장식하고, 차는 연두색으로 칠한 뒤 그 위에 노란 민들레꽃을 잔뜩 그려 넣은 낡은 에스타페트 르노를 몰고 다녔다. 파리의 주차 단속원조차 그녀에게 위반 딱지 떼는 걸 주저할 정도였으니까.

회계 또한 문제 될 게 없었다. 어차피 꽃은 시들기 마련이고, 꽃값은 현금으로 받았으니. 꽃 가게 안이 너무 습해서 신용카

* 미국의 세계적인 색채 연구소이자 색상 회사.

드 기계 사용은 자제하고 있답니다. 이거 보세요. 제가 거짓말하는 게 아니에요. 화면이 뿌예졌잖아요…… 오, 젠장. 운도 없지……. 그러니 신사숙녀 여러분, 꽃값은 현금으로 지불하세요. 그 대신 안개꽃을 덤으로 드리지요…….

빌리가 만든 꽃다발이 파리의 꽃 가게들을 통틀어 제일 예뻤고, 제일 부드럽고, 제일 심플하고, 제일 저렴했다. 그녀는 자신만의 세계를 창조하는 데 그 누구의 가르침도 받을 필요가 없었다.

새벽에 일어나 그 다음날 새벽녘 잠들 때까지, 그녀는 하루 종일 미나리아제비와 팬지꽃 사이에서 폴짝거리며 지냈다. 밤부터 새벽까지 라피아 가죽 혁대에 화사한 꽃문양의 닥터 마틴의 리버티 패션 신발을 신고, 아를레티식* 농담을 하면서, 전지가위를 들고 싹둑싹둑. 멀리서 보면 런던 빈민가 출신의 꽃 파는 소녀 엘리자 둘리틀**이나 가위손***의 주인공인 에드워드의 딸이라고 할 정도였다.

* 아를레티는 프랑스의 여배우로 섹스어필과 거만한 유머를 적절히 결합시키는 탁월한 능력으로 영화인들의 주목을 받았다.
** 영화 〈마이 페어 레이디〉의 여주인공으로 오드리 햅번이 연기했다.
*** 팀 버튼 감독의 명작 〈가위손〉 영어 원 제목은 〈Edward Scissorhands〉

마이 페어 페어 페어 빌리…….

이제 그녀에게서 빈민촌의 흔적은 거의 찾아볼 수 없었다.

음……. 그녀에게 뛰어난 사업 감각이 있었던 게 아닐까……. 그럴지도.

꽃가게를 지키는 건 여전히 주인 할머니였지만 언제부턴가 모든 걸 빌리가 맡기 시작했다. 금고는 당연히 주인 할머니가 관리했다. 매일 저녁, 그녀는 풋내기 빌리가 길가에 내놓은 꽃들을 가게 안으로 들여 놓는 동안, 그날의 수입을 옛 프랑으로 환산했다. 오, 세상에! 진짜 많은 돈을 벌었군. 그녀는 그렇게 2천 년도 넘도록 편안하게 살 것만 같았다.

*

자, 꼬마별아, 2분만 입을 다물게. 스스로 칭찬을 늘어놓는 게 좀 머쓱해서 그래. 하지만 이제 다시 네게 왔으니 날 좀 보렴. 이건 알아야 해. 다음 얘기는 너와 관련이 많다는 거.

고마워. 정말 고마워.

나와 내 평생 동반자의 이름으로 고마움을 전하고 싶어. 그는 6개월 전에 인도에서 돌아왔는데, 지금은 드디어 중앙에 커다란 기둥이 있는 대광장의 아틀리에에서 일을 하고 있단다.

(방돔 광장이라고…….)

그렇게 될 줄 알았지.

어느 날 저녁인가 로튀스 임페리얼 피자집에서 내가 예언한 대로 된 거야.

그때 내기를 했어야 했는데, 바보같이 그러질 못했네.

내 삶과 그의 삶에 감사하고 싶다. 내가 사랑했던 사람들, 그리고 그의 연인들에게도 감사하고 싶다. 내가 그렇게 사랑하고, 누구도 총을 겨누지 않을 분홍빛 수령초를 닮은 나의 강아지도 고맙고, 파리도 고맙고, 가끔 문제는 일으켜도 피해액은 제대로 다 지불하는 나의 꽃집 주인 할머니도 고맙고, 나를 지금까지 한 번도 내버리지 않은 나의 작은 트럭도 고맙고, 모란도 고맙고, 스위트피도 고맙고, 금낭화도 고맙다.

술을 더 이상 마시지 않게 된 것도 감사하고, 그러면서도 여전히 조금은 훌쩍거릴 수 있어 감사하고, 밤에 더는 울지 않아서, 더운 물이 있어서, 늘 향기 가득한 곳에서 일할 수 있어서 감사할 따름이다.

마담 기에 선생이 고맙고, 여전히 살아 있는 연극도 고맙다. 알프레드 뮈세에게 감사하고, 카미유와 페르디캉이 고맙다.

〈후회는 없다〉를 노래한 빌리 홀리데이도 고맙다.

그리고 무엇보다 프랭크가 고맙다.

그에게 고마운 마음을 전하고 싶다.

프레베르 중학교의 프랭크 뮈뮈가 고맙고.

힘든 시기를 보낸 프랭크 뮈뮈가 고맙고,

영원한 나의 프랭크가 고맙고.

고맙다……

여기까지 말을 끝내고 나니, 들것을 든 미소년 둘이 들이닥치네. 꼬마 별, 네가 보낸 미소년들 말이야. 젠장!

　나는 엉덩이가 다 얼어붙었는데, 꼬마별, 넌 어디에서도 보이지 않고!

그게 말이야. 도대체 어디서 뭘 하고 있는 거야. 젠장!

우리가 너무 침 튀기며 싸웠다고 생각하지 않아?

젠장! 네 빛 좀 보여 줘!

간지럼 좀 피워 줘! 황금가루 좀 뿌려 줘! 널 좀 보여 줘!

나도 알아, 안다고……

네가 뭘 원하는지 잘 알아……

내가 그동안 하늘에 대고 얼마나 많은 욕설을 퍼부었는지. 그러니 아직 더 이렇게 힘든 밤을 맛봐야 한다는 거 알아.

그런데, 이제 가자…….

이제 다음으로 넘어가야지.

☆

꼬마별아, 날 좀 봐. 이렇게 예쁜 원피스에 반들반들 광을 낸 구두까지 신고, 네게 고해성사 하듯 다가가고 있잖아.

내 머리 색깔이 살짝 자홍색인 건 신경 쓰지 마. 나의 순수한 마음만 봐 주렴. 성모 백합처럼 하얀 내 마음만······.

지금처럼 꽃잎도 하나씩 다 떨어지고, 땅속의 알뿌리조차 꽁꽁 얼어버릴 정도로 창백하게 시든 채 밤새 네게 우리를 다시 한번 도와달라고 애원하게 된 건, 모두 다 내가 바보 같은 짓을 저질렀기 때문이야.

그렇다니까······. 여전히 이따금씩 이런 일이 벌어진다니까······. 생각해 봐······.

보통은 티 펀치*에 럼주를 넣은 칵테일을 너무 많이 마셨을 때나 그러는데, 이번만큼은 술은 한 방울도 마시지 않았어. 당나귀를 끌고 세벤느 국립공원으로 가족 동반 산행을 시작했을 때 말이야.

(도대체 무슨 생각으로 이런 산행을 시도한 건지?)

(도대체 내가 왜 그랬는지 알 수 없다니까. 도대체…….)

내가 저지른 바보 같은 짓을 후회하느냐고?

그런 건 아니야.

아니, 오히려 좀 더 세게 갈겨야 했다고 생각하니까.

거봐, 지금 난 내 마음을 솔직하게 고백하고 있어…….

네가 충동적인 나의 행동을 이해하지 못한다면 어쩔 수 없지만 적어도 내가 솔직하게 얘기하고 있다는 것만은 인정해 주길 바라.

빌리 홀리데이가 그랬듯이 나는 조금도 후회하지 않을 거야.

절대 후회하지 않을 거야. 내 삶에 후회 같은 건 없어. 왜냐하면 이미 사람들은 내게서 너무 많은 걸 훔쳐 갔거든. 내게 한 가지 정도는 아름다운 걸 남겨 놓았어야 했다구. 그런데 그것마저

* 홍차에 술과 다섯 가지 과일을 넣은 음료

도……

그러니 안 돼. 절대 후회하지 않아. 그러니 기대하지 마.

후회하는 법 같은 것도 몰라.

그래 본 적도 없고.

사람들이 날 벽으로 밀어붙이면 그대로 총을 들이대거나 세게 내리치는 아이야. 물론 자랑할 거리는 아니지만 어쩔 수 없어. 나란 아이가 이렇게 생겨먹은 걸 어쩌겠어. 내 자신이 달라지지 않을 거라는 것도 잘 알아.

태어날 때부터 오직 버텨야 한다는 의지만으로 지금까지 버텨왔어. 비록 힘없는 보호자들일지라도 나를 지켜주는 이들을 건드리는 자는 누구든지 사정없이 부숴 버렸지. 그런데 지금 이시간, 내가 제일 사랑하는 보호자가 몹시 힘들어하고 있어. 지금 내 곁에 누워 있는데, 말을 걸어도 아무 대답도 없어. 꼬마 별아, 그가 일어날 수 있도록 네가 나를 도와주지 않으면 너도 사라지게 하고 말 거야. 그래. 어떻게 해서든 내 자신을 설득해서 널 다시는 보지 않게 하고야 말 거야.

너야 상관할 바 아니겠지. 넌 이미 죽었을 테니까. 네게 살짝 귀띔해 주는 건데, 내게 아직 힘이 남아 있어.

어떤 총이든 장전해서 벌벌 떠는 작은 동물일지라도 가차 없이 쏴 버릴 수 있어. 그가 없는 나의 미래보다 날 두렵게 하는 건 아무것도 없으니까.

다른 어떤 것도 두렵지 않아.

자. 이제 내 얘기는 여기서 끝내려 해.

조금만 더 얘기하고, 이어 우리의 멋진 휴가에 대해서 들려줄
게……

☆

그러니까 모든 게 고급 호텔 바에서 시작되었다.

하긴, 몇 년 전부터 프랭크와 나 사이에 일어나는 대부분의 일들이 호텔 바에서 시작되기 했지만……

우리는 둘 다 미친 듯이 일에 몰두했기 때문에, '그곳은 모두가 질서와 아름다움, 호사와 고요, 그리고 쾌락'*이 있는 그런 조용한 곳에서 만나곤 했다.

물론 이제는 더 이상 메뉴판에 적힌 음료수 가격을 보고 기겁하진 않았다. 더는 가격을 체크하지 않았으니까.

하루에 6시간 넘게 자는 날이 드물었고, 구두쇠처럼 굴려고 해도 그럴 시간적 여유조차 없었다.

나는 일주일에 하루 빼고, 아침 11시에서 저녁 9시까지 사람

* 보들레르의 시 「여행에의 초대」 부분

들이 서로 예쁜 꽃을 주고받는 기쁨을 누릴 수 있도록 하면서 지냈다. 이런 보석 같은 행복을 선물하는 내 자신이 대견스러워 7일째 되는 날은, 푹신한 소파에 몸을 깊숙이 파묻고 휴식의 시간을 보냈다. 그리고 먼지로 변해 버린 여왕의 왕관 보석 수선공인 내 친구 프랭크에게는 내 하룻밤 몸값보다 훨씬 비싼 칵테일을 선물했다.

이 얼마나 기분 좋은 일이었는지.

그렇게 나는 과거에 진 빚을 별 다섯 개짜리 호화 호텔에서 술을 맘껏 마시며 보상하곤 했다. 이제야 서로 공평해질 수 있었다.

우리가 그날 어떤 호텔에 묵었는지, 무엇을 마셨는지는 기억이 나지 않는다. 그의 변덕스런 행동을 묵인한 걸 보면 기분이 제법 괜찮았던 것 같다.

그날 프랭크는 어느 틈엔가 매력 넘치는 호텔 바텐더에게 눈길을 주고 있었다. 바텐더는 자기 '남자 친구들' (사실, 이 말은 별로 마음에 들지 않지만)이 가족들을 데리고 세벤느 국립공원에 트레킹을 갈 계획이라며 프랭크에게 같이 가자고 제안했다.

풍광도 멋지고, 유기농 음식도 맘껏 맛볼 수 있을 거라고, 하늘은 더 없이 맑을 테고, 트레킹 할 때 아이들이 끌고 가는 당나귀들도 온순할 거라고 했다.

운동 삼아 적당히 걷고, 신선한 공기를 마시면 몸과 마음 모두 상쾌해질 거라며 설득했다.

쳇.

고요하고, 온순한 동물들이 평화롭게 뛰노는 가족적인 분위기 속에서 별을 보며 섹스라도 하고 싶다는 건가?

"아니야." 그가 화를 냈다. "넌 아무것도 이해 못해. 네가 생각하는 그런 게 아니야. 그 남자, 느낌이 다르다니까. 내 인생의 남자일 것 같은 그런 예감 말이야. 그와 어떻게 해보려고 가겠다는 게 아니라 그냥 사랑하는 마음으로 가려는 것뿐이야."

좋다구.

지금까지 그가 소개하는 '인생의 남자'야 얼마든지 만나 봤으니, 한 사람 더 만난다고 달라지는 건 없었다. 그만 빈정대기로 했다.

단지 내게 약점이 있다면 나와 같이 가고 싶어 하는 그의 바람을 저버릴 수 없다는 거다. 이를테면 보호자처럼, 신부 들러리처럼. 온순하고 예의 바른 여자처럼. 뭐, 가족의 일원처럼.

앗! 뭐라고?

가겠다고 했나.

내가?

트레킹을 하겠다고?

1톤도 넘을 것 같은 이 끔찍한 군화를 신고?

머리에는 챙이 접힌 모자를 쓰고?

물통을 메고?

형광색의 바람막이 점퍼도 입고?

등산용 허리 색은?

모기들은?

내가 알지도 못하는 사람들과 함께?

나한테 당나귀를 끌고 가라고 하면 어쩌려고?

안 돼! 절대 그런 일은 없어!

하지만 결국 그렇게 하겠다고 대답했다.

프랭크는 나를 부드럽게 만드는 방법을 잘 알고 있었고, 나머지는 칵테일이 일을 도맡아했다. 게다가 우리는 그의 애인 유혹하기 프로젝트에 우리의 휴식을 위한 다음번 호텔 예약을 패키지로 포함시키기로 합의했다. 우리 둘 다 서로에게 좀처럼 뭔가를 부탁하는 적이 없었지만, 정말 원하는 게 있을 때면 서로의 의견 따윈 물을 필요조차 없이 부탁했고, 무조건 들어주었다.

프랭크를 따라가기로 한 걸 굳이 변명하자면 이맘때 꽃가게
는 한가한 시기였고, 주인 할머니에게도 며칠 쉴 기회를 드려야
할 필요가 있었다. 프랭크와 함께 그다음 월요일 오비캠푸르 등
산용품점에 갔다가, 예쁜 소가죽 스노 부츠에 필이 꽂혀 버렸
다.

너무 예뻤다.

나는 이번에 이런 모험을 기꺼이 즐기리라 다짐했는데, 그 첫
발을 등산용품점에서 내딛은 셈이었다. 그렇게 매장을 돌면서
이것저것 다 둘러보았다.

심지어 암 당나귀를 갖고 싶다는 프랭크의 소원마저 들어줄
태세였다.

솔직히 말해, 그와 함께 휴가를 떠날 수 있어 너무 행복했다.
벌써 몇 년째 우리는 문틈으로 아주 잠깐씩 얼굴을 마주친 게
전부였다. 그가 너무 그리웠다.

그와 함께 했던 시간이 그리웠다. 게다가 우리가 알프레드 드
뮈세의 희곡을 공연한 지 정확하게 10주년 기념일이 되는 날 함
께 여행을 떠날 수 있어서 기뻤다. 어떤 멋진 선물을 할까 고민
했는데 일주일 동안 그 많은 양 떼들 속에서 그를 안달나게 만
드는 것, 이거야말로 멋진 선물이 아닐까?

10년. 우리가 사랑을 가지고 장난치지 않은 지 10년이다. 사랑에 대해 어떤 환상도 품지 않는 나였지만 그는 이미 나의 가장 위대한 사랑이었다.

돌이켜 생각해 보니, 활기 넘치는 보이스카우트를 리옹 역에서 만났을 때부터 뭔가 틀어지기 시작한 것 같다.

그랬다. 바텐더인 아르튀르가 프랭크의 몇 번째 인생의 남자였는지 모르지만, 어쨌든 그가 기차역 플랫폼에서부터 날 유혹하려고 접근한다는 걸 바로 느낄 수 있었다.

호호, 나는 모자를 눌러쓰고 낄낄거렸다. 프랭크, 카드 패가 좋질 않은걸. 네 눈도 정말 삐었지. 카드 패를 완전 잘못 골랐군.

저런!

나는 아무 말 없이 섹스 불감증 여자처럼 행동했다.

처음에는 돛단배의 속도로 살짝 맛만 보여 주다 차츰 속도를 내서 증기기선, 고속철도로 내달렸다. 그러다 마지막에 가서는 나이를 먹을 대로 먹어 부끄러움이라고는 찾아볼 수도 없는 여자처럼 거침없이 대했다.

나는 프랭크에게 빚진 게 너무 많았다. 그러니 내게 처음 손을 내미는 남자를 덥석 물어 그의 마음을 아프게 하고 싶지 않았다. 덕분에 프랭크와 아르튀르는 둘이서 좋은 시간을 보낼 수 있었고, 나는 한쪽에서 시들한 얼굴을 하고 있었다.

젠장, 무슨 휴가가 이따위지?

성격 좋은 내가 양보하기로 마음먹었다. 아르튀르가 내 쪽을 돌아다보지 않도록 쌀쌀맞게 굴었고, 그들에게 순방향 좌석 두 자리를 내줬다.

그리고 나는 내내 잠에 취해 있었다.

두 발에 묵직한 포환을 매달고 바위산을 트레킹 해야 한다는 생각만으로도 나는 이미 지쳐 있었으니까.

이어 우리는 다른 멋쟁이 보보들과 함께 아주 멋진 가족 캠핑장으로 이동했다. 다들 멋진 당나귀를 몰고, 맛있는 빵과 치즈를 챙겨서, 멋진 산행을 할 생각에 들떠 있었다. 하지만 나는 곧바로 장막을 치고, 방어 태세로 돌변했다.

쳇! 그렇다고 어릴 때와 같은 방어 태세는 아니었다. 그건 아니었다. 그때와는 완전히 달랐다. 그저 기분 좋은 척하고 싶지는 않아 프랭크와 아르튀르를 뒤따라갔을 뿐이었다.

나는 어쨌든 꽃을 파는 사업가였고, 일 년 내내 사람들에게 친절하게 대하는 게 몸에 배어 있었다. 항상 사람들과 좋은 관계를 유지해야 했으니까.

휴가인데, 시무룩한 얼굴로 지내고 싶지 않았다. 그러자 이 모든 게 가족적인 분위기로 바뀌었다. 나는 이미 나의 흥분 상태를 조절할 만한 기술적 수단이 없다는 걸 잘 알고 있었다.

너는 프랭크고, 나는 빌리다. 나는 너와 함께 여기까지 왔고, 너 역시 그 이상을 요구하지 않는다.

그는 나를 사랑했고, 나를 잘 알고 있었기에 조용히 날 내버려 두었다.

우리는 한 텐트에서 같이 잠을 잤는데, 둘째 날 저녁, 그가 고백하길, 동행인들에게 내가 혹시 말이 너무 없고 뚱해 있더라도 기분 나빠하지 말라고 당부했다고 했다. 사랑을 잃은 상실감을 삭이느라 그런 거라고 했다나.

나는 사랑의 상실감 얘기는 어느 정도 맞는 말이라고 대꾸했다. 그러면서 살짝 미소 지어 보이고는 어쩌면 내 인생에서 가장 중요한 사랑일 거라고 말했다. 안 그래? 그러면서 우리는 침낭에서 뒹굴거리며 킥킥댔는데, 내가 여자애치고는 유머 있는 아이라는 걸 보여 주고 싶었던 것 같다.

무엇보다 비좁은 텐트에서 프랭크와 같이 잠을 자는 게 너무 좋았다. 우리는 각자 일을 잘 분담했다. 나는 텐트를 공중에 던졌고, (2초가 걸렸다.) 그는 그걸 잘 접어 정리했다. (2시간 걸렸다.) 나는 작은 술병을 꺼내 마셨고, 우리는 온갖 얘기들을 나누었다. 동행한 사람들 험담도 하고, 풋 하고 웃음을 터트리고, 바보 같은 얘기를 하면서 킬킬거렸고, 우리가 지금까지 살아왔던 얘기들, 그리고 그동안 떨어져 사느라 놓쳐 버린 상대의 일상에 관해서도 이야기를 나누었다. 꽃다발, 주문, 일거리, 반지, 손님, 팔찌.

나는 희한한 보이스카우트 흉내까지 내는 프랭크를 보면서 배꼽이 빠지도록 웃었다. 너무 웃어서 이따금씩 텐트가 날아가지 않을지 걱정이 될 정도였다. 다른 일행은 아마 내가 그 사이 상실감을 극복했다고 생각할 게 틀림없었다.

쳇, 내가 상관할 바는 아니었다.

다른 사람들에겐 아무 관심도 없었다. 내 곁에 있어 주는 이들만 사랑할 뿐이다. 아, 내 강아지도 있지.

트레킹 도중 지반이 약한 곳이 나타나는 바람에 우리는 세 그룹으로 나누어 등반하게 되었다. 그렇게 해서 우리는 '새 멤버' 들과 걷기 시작했는데, 그중에는 머리를 귀 뒤로 가지런히 넘긴, 아주 말끔하고 단정해 보이는 남자의 가족이 있었다.

그의 아들과 두 딸아이는 고분고분 말을 잘 들었다. 아이 아버지는 절대 굽히지 않을 위대한 교육 원칙을 지키겠다는 듯 강압적인 분위기를 연출하며 아이들을 짓눌렀다.

그들의 배낭에는 하나같이 오래 전에 붙여 둔 것 같은 동성 결혼 허용 법안에 '반대' 하는 집회 스티커(La Manif pour tous)가 여전히 달려 있었다. 그는 우리에게 약혼했느냐고, 곧 결혼할 거냐고 물었다.

불쌍한 사람들……

프랭크는 간식거리를 넣어 둔 배낭을 챙기느라 무슨 소리인지 알아듣지 못했고, 그러는 사이 나는 남매라고 얼버무렸다.

그랬다. 나는 매일 밤 좁은 텐트에서 프랭크와 깔깔대고 싶었다. 남매라고 말해 놓아야 사람들이 자다 말고 혹시나 우리 텐트에 찬물을 끼얹는 불상사가 벌어지지 않을 테니.

우리는 '미스터 대머리' 가족 뒤를 따라 걸었다. 프랭크에게 턱으로 스티커를 가리켰다. 그의 웃는 얼굴을 보고 싶었는데 눈을 찡긋해 보일 뿐 별 반응이 없었다. 그의 아르튀르는 다른 미니모이* 그룹을 따라갔다. 그룹 가운데 스무 살 먹은 셀레니아**가 있었는데, 그녀는 계속 유리잔에 자신의 얼굴을 비춰 보면서

---

* 뤽 베송 감독의 판타지 어드벤처 영화 〈아더와 미니모이〉(미니모이는 2밀리미터밖에 되지 않는 종족).
** 아더가 미니모이 세상에서 만난 공주 이름과 같다.

울기만 했다. 그 바람에 프랭크까지 덩달아 삶에 대한 회의 같은 게 느껴지는지 우울해했다. "너한테는 내가 있잖아……." 그의 옆구리를 툭 치면서 내가 말했다.

그래도 여전히 긴장을 풀지 못하는 것 같아 그에게 다시 물었다. 구급상자를 꺼내 들어야 했다.

"네가 나를 더 이상 사랑하지 않는다는 걸 깨닫게 되면 그땐 내가 어떻게 하는 게 좋겠어?"

"애인을 찾아야지." 그가 곧바로 대답했다.

"그 애인이 나를 더 이상 사랑하지 않으면?" 나는 고집스럽게 다시 물었다.

"다른 애인을 찾아야지."

"얼마 동안이나?"

"네 머리칼이 잿빛으로 물들 때까지. 그때는 내 머리도 하얗게 새겠지." 그가 미소 지었다.

자, 또다시 같은 질문을 했다. 그러자 다시 그가 기운을 냈다.

알프레드 만세.

우리한테는 아이가 없어서 당나귀를 끌고 갈 수 없었다.

반면 '미스터 대머리' 가족은 나귀새끼(이름 한번 기발하게 지었군.)라는 이름의 귀여운 잿빛 당나귀를 몰고 갔다. 새끼 당나귀가 조금 무섭긴 했지만 왠지 마음에 들었다. (프랭크라면 이런 사람들과는 결코 가족으로 얽히고 싶지 않을 것이다. 그들은 남편이 되거나, 가족이 되고, 아이를 낳고, 위엄부리며, 존경받고 사는 그런 삶은 상상도 되지 않는 그런 부류의 사람들이었다.)

나귀새끼……。

나는 당나귀에게 '부부'* 라는 이름을 붙여 주고는 걸어가면서 슬쩍슬쩍 먹을 걸 던져 주었다.

'미스터 대머리'는 그런 나를 못마땅한 듯 힐끔거렸다. 산책 중엔 절대 먹이를 주지 말라는 '당나귀 산책 제1원칙'을 출발 전에 들었기 때문이었다.

헤르츠** 씨가 여러 번 강조했다. 안장을 올리지 않았을 때는 뭘 해도 좋지만 그 외에는 풀 한 줌도 주면 안 된다고 주의를 주었다. 안 그러면…… 안 그러면 뭐라고 그랬더라. 안 그러면 당나귀의 위치 추적 기능(GPS)을 흐트러뜨린다고 했던 것 같다.

흥! 하지만 나는 사과를 다 먹고 난 뒤 사과 꼭지를 개미한테 던져 주는 대신 착하고 귀여운 당나귀에게 주었다. 15분 전부터 그걸 탐내며 곁눈질하고 있었으니까. 내 말이 맞지?

* 아프리카 흑인의 길고 헐렁한 상의.
** 당나귀 대여 담당자를 차량 렌트사인 헤르츠를 빗대어 표현한 것.

우리가 아무리 바보라도 그런 것쯤은 잘 안다.

'미스터 대머리'와 나 사이에 이미 껄끄러운 감정이 미묘하게 끼어들기 시작했다.

그가 아내에게 하는 말투가 내 신경에 거슬렸다. (바보를 대하듯 말했다.) 아이들한테 말하는 방식도 마음에 들지 않았다. (역시 바보들을 대하듯 했다.) (이미 날 파악했는지 모르지만, 나는 슬슬 신경질이 나기 시작하면 머릿속에 온갖 부정적인 생각들로 가득 찬다.) (아무리 욱하는 성질을 억제하려고 해도 어느새 불쑥 솟구친다. 빈민가 출신의 본능이 부글부글 끓어오른다.)

미스터 대머리는 프랭크가 게이라는 걸 눈치챘는지, 그 옆을 떠나지 않고 알랑거렸다. 그 광경을 보고 있는 게 점점 힘들어졌다. 발정난 개처럼 꽁무니에 코를 대고 킁킁대는 모습에 구역질이 날 정도였다.

게다가 그는 행복한 순간들을 한순간에 몽땅 날려 버리는 재주가 있었다. 어린 딸이 엄마에게 꽃이라도 한 송이 꺾어 주면 꽃을 보호하지 않는다며 야단을 쳤다. 남자아이가 망원경을 보고 싶다고 하면 손이 더럽다면서 기다리라고 했다. 배가 고프다고 해도 아직은 간식 먹을 시간이 아니라고, 당나귀를 끌고 가고 싶다 해도 놓칠 거라며 막았다. 아이가 물수제비를 뜨려고 하면 절대 성공하지 못할 거라고 초를 쳤다. 고생해 본 적이 없으니 못할 거라고. (뭐? 고생? 물수제비를 뜨는 데 무슨 고생…… 바보 같으니라구.)

또 아이가 어쩌다 당나귀 뒤로 가려고 하면 뒷발길질에 맞아 죽을 수도 있다고 엄포를 놓았고 (나의 '부부'가…… 아무 말이나 지껄이는군), 아내가 풍경이 아름답다며 감탄사를 늘어놓으면 이내 언덕을 넘으면 더 좋은 풍경이 나올 거라고 대꾸하고, 아이들 사진을 찍으려고 하면 역광이라 실패할 거라며 자기가 찍겠다고 나서고, 보채는 꼬마 아이를 안기라도 하면 두 눈을 치켜뜨고는 아이의 변덕을 다 받아 주면 안 된다는 듯 쳐다보았다.

쳇!

나는 걸음을 늦추면서 어떻게든 끓어오르는 분노를 삭이려고 주변에 핀 꽃들을 감상하는 척했다.

젠장, 악질 포로 수용소 감독관 같으니라고! 너 같은 놈은 정말 지겨워. 제발 꺼져 버려. 나는 내 꽃다발을 어떻게 꾸밀지나 고민해 볼 테니…….

점심을 먹을 때도 그는 프랭크 옆에 딱 달라붙어서 유혹했다. 그러면서 슬쩍 우리에게 아이를 원하느냐고 물었다.

프랭크는 내게 '넌 참견하지 마. 제발!' 하는 의미의 눈길을 보냈다. 그리고 그는 이내 다른 주제로 넘어가려고 아무렇게나 대답했다.

우리가 당나귀 등에 배낭을 다시 싣는 동안 프랭크가 내 귀에 대고 속삭였다.

"어이, 빌리, 제발 저 아저씨와 문제 생기지 않게 해줘. 이번 팀에 내가 많이 좋아하는 남자가 있는데, 말썽 부려서 망치게 하지 말고, 알았지? 나도 지금은 휴가 중이고."

나는 고개를 끄덕였다.

그러면서 얌전히 참고 있으려고 했다.

그를 위해서.

저녁에 산장 대피소에 도착했을 때 프랭크는 예쁜 칼로 아이들을 위해 지팡이를 만들었다.

그는 훌륭한 조각가의 솜씨를 발휘해 작은 보석을 하나씩 만들어 주었다. 아이들은 앙증맞은 미소를 지어 보이며 즐거워했다.

지팡이마다 아이들의 머리 글자와 함께 예쁜 문양을 새겨 주었다. 남자아이한테는 칼 모양을, 여자아이들한테는 별과 하트를 그려 주었다.

나는 이미 하나를 갖고 있으면서도 또 만들어 달라고 졸랐다.

커다란 지팡이에 B라고 멋지게 적고 그 밑에 우리 강아지 얼굴도 새겨 달라고 졸랐다. 나는 그걸 받아 들고 꼬마 아이들처럼 활짝 웃었다. 아니 그들보다 더 환하게 웃었다. 이어 우리는 깊은 잠에 빠질 수 있었다.

*

　다음 날 아침 눈을 떴을 때는 기분이 다시 상쾌해져 있었다.
　꼬마별아, 내 앞에 펼쳐진 이 아름다운 풍경을 보며 어떻게 밝게 웃지 않을 수 있겠니.
　그런 아름다움에는 저항할 수가 없는 법. 모든 게 순조롭게 흘러가는 듯했다. 기분 좋아하는 나를 보며 프랭크도 여유를 되찾았다. 우리는 살면서 죄를 많이 지어서 그런지 아이가 없었고, 그 때문에 꼬마 당나귀를 끌고 갈 권리가 없었다. 더 이상 기분을 망치지 않으려고 그냥 앞장서서 걸어갔다.
　결국 다들 각자의 삶의 방식이 있는 거지 뭐. 안 그래?
　그럼…… 당연하지…….
　각자 자기 삶이 있지…….
　신은 똑똑하니 자기편을 알아볼 거야…….

한참 걸어가다 구름처럼 몰려드는 양 떼와 마주쳤다. 쳇, 처음에는 괜찮았는데, 조금씩 지루해지기 시작했다.

양은 한 마리만 봐도 모든 양들을 다 본 것만 같았다. 그 양이 그 양 같았으니까. 나는 프랭크의 소매를 붙들고 그룹 쪽으로 합류하려고 했다. 그 순간 짠! 예수가 등장한 것이다.

프랭크의 얼굴이 순간 벼락이라도 맞은 듯 돌변했다.

환시, 환영, 계시, 섬광. 감동이 일었다. 대나무로 얼굴을 세게 한 대 얻어맞기라도 한 듯한.

그 자리에 양치기 소년이 우뚝 서 있었던 것이다.

☆

솔직하게 고백하건대, 그 소년은 정말 예수 같았다. 너무 섹시했다.

미끈한 얼굴에 미소까지 짓고 있었다. 구릿빛으로 그을린 살 갗, 마르고 탄력 넘치는 몸매, 덥수룩하게 기른 수염, 구불거리 는 머리칼, 쿨하고 조용한 이미지, 한 마디로 그의 얼굴에서 광 채가 나는 듯했다. 웃옷은 벗어제치고, 가죽 샌들을 신고 손에 는 마디 많은 지팡이를 쥐고 있었다. 허리에는 얇은 옷을 두르 고 있었고.

프랭크는 순간적으로 만화 영화에서나 등장하는 늑대로 돌변 했다. 그것도 양 떼들 한가운데 떡하니 버티고 서 있는.

양치기 소년은 바라보기만 해도 성스러운 기운이 느껴졌다.

나도 당장 영성체를 모시러 달려가고 싶을 정도로 달아올랐으니까.

우리는 잠깐 얘기를 나눴다. 그러니까…… 그를 눌러 버리는 대신 얘기를 나누려고 애썼다.

프랭크는 그에게 고독하지 않느냐고 물었고, (약삭빠르게도……) 나는 그의 개에 대해 온갖 질문을 했다. 그때 멀리 우리의 미스터 대머리 '친구'와 그의 무리들이 보였다. 우리는 그들에게 가까이 다가가지 않고 손 인사만 건넸다. 너무 떨어져 길을 잃어버리지 않을까 걱정하면서.

양치기 소년에게 어디로 가는 길이냐고 물었더니 손으로 산 아래쪽을 가리켰다.

그래, 그럼, 안녕…… 그런데…….

아, 신이시여! 정말 잔인하시네요. 그래도 기대를 했는데……. 예수님과의 접견 시간이 끝났다. 너무 짧았던 미사는 그렇게 끝났다.

나는 양치기 소년 일로 계속 프랭크를 짓궂게 놀렸다.

점심을 먹으면서 '미스터 대머리'가 프랭크에게 소시지를 먹고 싶으냐고 물었다.

"양치기 소년 거라면!" 나는 낄낄거리면서 대답했다.

그러다 겨우 웃음을 진정시키고는 다시 덧붙였다.

"그런데⋯⋯. 땅콩 들어간 건 어때?"

그러자 또다시 웃음이 터졌다.

미안.

천 번 만 번 미안.

'미스터 대머리'의 아내가 걱정스런 듯 의아한 얼굴을 하자,
프랭크는 한숨을 푹 내쉬면서 꽃가루 알레르기 때문에 그렇다
고 둘러댔다.

그러자 다시 웃음이 터져 나왔다.

아⋯⋯, 이번 산행이 너무 흥미진진해졌다. 아주 마음에 들
었다.

프랭크는 기가 차다는 표정을 지어 보였지만 그 역시 즐기고
있었다.

우리는 상대가 행복해하는 걸 볼 때마다, 1+1의 시너지 효과
를 냈고, 그만큼 만끽할 줄 알았다. 서로를 위해, 그리고 자신을
위해 즐길 줄 알았고, 함께 즐길 줄 알았다. 어떻게 하다 그런
상황이 시작되었는지는 별로 중요하지 않았다.

나는 이를 축하하는 의미에서 폭군인 미스터 대머리가 잠깐 소변 보러 간 틈을 타 꼬마 당나귀에게 사과 하나를 통째로 주었다.

　당나귀가 냉큼 사과를 삼키고는 고마움의 표시로 뜨거운 키스를 건네듯 목안 깊숙이에서 우러나오는 소리로 응앙댔다.

　오오……, 파리에 돌아가면 당나귀가 보고 싶어질 것 같았다. 밀짚모자에 구멍 두 개를 크게 뚫어 씌워 주고, 등에는 예쁜 꽃바구니를 지게 하고는 꽃가게 앞에 세워 두면 얼마나 멋질까.

　자, 꼬마별, 그때까진 모든 게 잘 굴러갔어. 그러니 이번 일이

엉망으로 꼬인 게 다 우리 잘못만은 아니야. 우리는 진지했고, 은혜로움에 감동하며 예수처럼 물 위를 걷고 있었으니까.

우리는 변화하고 있었어.

세벤느 국립공원에서의 산책이 정말 마음에 들었지.

정말 좋았다구.

점심을 먹은 뒤, 날도 무덥고 꼬마아이도 엄마 품에 안긴 채 잠이 들어 잠시 쉬다 가기로 했다.

(나도 알아. 이 말은 하지 말았어야 하는데……. 아무 소용이 없는데……, 아무 소용이……. 하지만 정말로…… 너무 이상한 느낌이었어.)

나는 절대 아이를 갖지 않을 것이다. 그냥 하는 말이 아니라 정말 아이를 갖고 싶지 않다. 그런데 어느 순간 아이 쪽으로 무심히 고개를 돌렸을 때, 잠든 아이의 얼굴을 어떻게든 나무 그늘에 두려고 허리를 흔들고 엉덩이를 들썩거리며 애쓰는 아이 엄마의 모습을 보았다. 그러면서 자연스럽게 내 엄마의 이미지가 떠올랐고, 동시에 나를 버리고 도망친 그녀가 과연 제정신이었을까 하는 생각을 떨쳐 버릴 수가 없었다, 정신이 나간 게 틀림없지. 그때 나는 저 애보다 훨씬 더 어렸었는데…….

(뭐, 그렇든 말든!)

우울한 생각에서 벗어나려고 나는 프랭크의 배에 머리를 대고 누워 눈을 감고 잠을 청했다.

젠장, 좆 같은 세상……

☆

너무 걸어서 피곤한 탓인지, 양치기 소년 탓인지, 아니면 엄마와 아이의 모습 때문인지, 밤새 잠을 설쳤다.

거의 꼬박 새우다시피 했다.

가여운 프랭크도 피곤했는지 얼굴 빛이 영 말이 아니었다. 나 혼자만 불면에 시달리고 싶지 않아 계속 말을 걸었던 것이다. 어둠 속에서 못된 암쥐처럼 조잘댔다. 그때, 난 네 살은커녕 태어난 지 11개월밖에 되지 않았다고, 정말 이해할 수 없다고……

그는 술에 취해 있었다. 아마 밤새 떠나간 양치기 소년을 생각하며 기도실에 있었나 보다. 내가 어떻게 되든 별 상관하지 않고 건성건성 대했던 것 같다.

그날 밤은 그렇게 우리 둘 다 잠을 설쳤다.

그랬던 거야, 꼬마별아! 알겠니? 나는 이미 그 일이 일어날 기반을 잘 닦고 있었던 셈이지. 우리가 그날 아침, 고원 쪽으로 다른 일행들을 만나러 다시 길을 걷기 시작했을 때 행복한 바캉스 그림엽서의 한쪽은 이미 찢겨져 있었던 거야.

난생처음으로 나는 진지하게 엄마의 역할을 다하고 있는 모습을 목격했다. 너무도 다정한 그 장면에 기분이 완전히 엉망이 되어 버렸다. 나는 아무 말도 하지 않았다. 아무렇지도 않은 척, 아무것도 모르는 척 했다. 그러면서 마음 속에서는 구조를 요청하는 조명탄이 계속 터지고 있는 것을 감지하고 있었다.

하늘, 태양, 구름, 아름다운 풍광, 나비, 꽃, 돌로 지은 오두막에 정신이 팔리기보다는 나는 아이 엄마의 모습에 정신이 몽롱해졌다.

나는 그녀의 목소리에 귀를 기울였고, 그녀의 손이 아이의 몸 어디에 가서 닿는지를 지켜보았다. (목덜미, 머리카락, 뺨, 볼록하게 솟은 작은 종아리처럼 제일 부드러운 곳에 닿았다.) 그녀가 아이들에게 먹을 걸로 무엇을 주는지, 아이들의 질문에 어떻게 대답하는지, 어떻게 이름을 부르는지, 어떤 부드러운 눈길로 아이들을 살피는지도 바라보았다. 가슴이 죽도록 아팠다.

내 안에 있는 부드러움이 한 순간에 모두 사라졌다. 내가 그

쪽으로 고개를 돌릴 때마다 모든 부당함, 모든 결핍이 내 얼굴에 부딪혀 왔다.

갑자기 나는 프랭크에게 거머리처럼 달라붙었다. 그러다 내가 그를 귀찮게 하고 있다는 걸 깨닫고는 혼자 떨어져 걸었다.

점심 식사가 끝났는데도, 여전히 마음이 풀리지 않아 당나귀를 끌고 가보고 싶다고 했다.

그러면 마음이 좀 가라앉을 것 같았다.

우리의 권위주의자 '미스터 대머리'는 내게 바보 같은 충고들을 줄줄이 읊으면서 당나귀 끈을 넘겼다. (일주일째 굶기고 암페타민*만 투입한 투견을 내게 맡기는 것처럼 굴었다).

나는 복잡한 생각을 떨쳐 버리려고 위험한 지뢰 제거 계획에 돌입했다.

좋아서 팔락거리는 당나귀의 커다란 귀에 대고 속삭였다.

나하고 파리에 가지 않을래? 꽃집에 있는 시든 장미꽃을 실컷 먹게 해줄게. 뤽상부르 공원에도 데려가서 귀여운 암탕나귀들을 꼬실 수 있게 해줄게. 네 똥은 내가 기꺼이 치워 주지. 그걸 작고 귀여운 황마 주머니에 넣었다가, 발코니에 작은 텃밭을

---

* 중추신경계를 흥분시키고, 전반적인 육체 활동을 증가시키는 약물.

가꾸는 채플린 같은 샤를로*들에게 비싼 값에 팔아야지.

자, 그렇게 하겠다고 말해 줘⋯⋯. 너도 이렇게 매번 짐을 짊어지고 다니는 게 지겹지? 그치? 멋진 삶을 살고 싶지? 엷은 보랏빛이 감도는 청색으로 네 솔기를 염색해 줄게. 그리고 샹젤리제로 모히또 칵테일을 마시러 가자⋯⋯.

내 귀여운 친구야, 너도 민트 잎을 좋아하지? 그렇지?

자, '부부'야⋯⋯ 고집 피우지 말고⋯⋯.

당나귀는 부드럽고 커다란 두 눈으로 나를 다정스럽게 쳐다보았다. 내 제안을 싫어하는 것 같지 않았다. 이따금씩 내 팔에 몸을 부비면서 파리들을 쫓았다. 그러면서도 나의 바보 같은 속삭거림을 계속해 달라고 응앙댔다.

그러자 갑자기 기분이 좋아졌다.

한결 편안해졌다. 나는 더 이상 미스터 대머리의 바보짓과 그 아내의 부드러움에 관심을 두지 않게 되었다.

꼬마별아, 너도 보다시피 모든 게 미리 계획되었던 건 아니었어. 나는 지난밤부터 내 삶의 걸림돌이 되는 빈민촌 출신의 이 더러운 흔적을 모두 삼켜 버리려고 노력했거든. 내 안에 더는 증오심이 남아 있지 않았어.

* Charlot, 희극 배우 찰리 채플린의 애칭.

내 말 믿지? 그랬으면 좋겠다.

나를 믿어야 해.

난 프랭크와 너에게만큼은 항상 진실만을 얘기하니까.

*

좋아, 준비됐지?

오케이, 그럼 다음으로 넘어갈게……

그때, 몇 날 며칠 꿈만 꾸던 꼬마 아이가 당나귀를 끌어 보고 싶다고 말을 한 거야.

그의 아빠는 안 된다고 했고, 나는 그러라고 했지.

그것도 둘이서 동시에.

그때 이미 우리의 대화엔 커다란 공백이 생긴 거였어.

"괜찮아요." 내가 말했어. "당나귀가 아주 얌전하고 친절해요. 이것 좀 봐요. 나도 처음에는 아주 무서워했는데, 아무 문제 없잖아요. 원하시면 제가 아이 뒤에 있다가 도와줄게요. 괜찮겠죠?"

미스터 대머리는 기분이 꽤 좋지 않았지만 어쩔 수 없이 양

보해야 했다. 왜냐하면 주위에 있던 사람들이 다들 내 편을 들었기 때문이다. 당나귀가 순한 양 같다며 거들었다. 그러니 아무 생각 말고 무조건 아이들을 믿어 주라고 권했다.

결국 히틀러는 어쩔 수 없이 양보는 했지만 자기 아들을 총의 사정거리 안에 두고 감시했다. 꼬마는 절대 조금이라도 허튼 모습을 보이면 안 되었다.

분위기가 어땠는지 짐작할 수 있겠지.

아이는 정말 기분 좋아했다. 벤허가 람보르기니를 모는 기분이라고 해야 할까. 나는 약속한 대로 아이 뒤에서 걸어갔고, 아이 엄마도 가끔 아이의 머리칼을 부드럽게 쓰다듬어 줬다.

그냥 이렇게……

그냥 보려고……

그리고는 모든 게 별 문제없이 진행되었기에 다들 긴장을 늦추기 시작했다. 30분쯤 지난 뒤 꼬마 아이가 당나귀를 붙들고 걷는 게 재미없어졌는지 고삐를 내게 주고는 화석을 찾으러 가겠다고 했다.

"절대 안 돼!"

아이 아빠가 소리쳤다. 사람들 앞에서 자신의 권위를 보여 주는 게 너무 기분 좋은 듯 말했다.

"고삐를 잡겠다고 했으면 끝까지 붙들고 가야지. 앙트완, 자신의 선택에 책임질 줄 알아야지. 당나귀를 책임지겠다고 했으니 입 다물고 끝까지 캠프까지 붙들고 가. 알았어?"

세상에, 이런 억지가 어디 있담!
오, 처음부터 바보 같은 대화에 끼어들지 말았어야 했다.
오…… 프랭크, 어디 있니?
내 옆에서 너무 떨어져 있지 마. 당장이라도 헐크로 돌변할 지경이야. 셔츠의 소맷부리가 막 찢어져 나갈 것만 같고……
나는 아이 아빠 행동에 내 얼굴이 새파랗게 변하는 게 느껴졌다.

우리의 귀여운 꼬마 앙트완, 걸음도 즐겁게 잘 걷고, 호기심 투성이에 행복하기만 한 앙트완, 너무나 다정하고, 누이들과도 그렇게 다정하기만 하던 꼬마 아이가 엄마를 부르면서 울음보를 터트린 거야.
그러자 그의 아빠가 인생이 뭔지를 가르친다는 핑계로, 아이의 머리 뒤통수를 찰싹 하고 매섭게 한 대 후려친 거야.

이런, 젠장…….

오, 난 그게 뭔지 너무 잘 알아.

너무나도 생생하게 기억하고 있지.

그야말로 최악의 행동.

비겁한 것 중에 가장 비겁한 짓.

가장 나쁜 짓.

가장 고통스러운 짓.

겉으로는 흔적조차 남기지 않으면서 교묘하게 뇌 전체를 뒤흔들어 놓는 끔찍한 짓.

내면 깊숙이 정신적 충격을 가하는 뒤통수 날리기였다. 아무도 의심하지 않게…… 한 순간 아무 생각도 못하고 멍하니 있을 수밖에. 하지만 동시에 남은 삶 전체가 흔들거리는 거다.

오, 젠장…….

프루스트의 마들렌느…….*

물론 한 순간에 이 모든 게 떠오른 건 아니었다. 하긴 특별히 생각을 하고 있는 건 아니었다. 그건 내 피부에 영원히 문신처럼 남아 있는 것이었다.

나는 어느새 프랭크가 만들어 준 멋진 반 클리프 지팡이를 높

* 프루스트의 『잃어버린 시간을 찾아서』에서 주인공은 마들렌느 과자를 홍차에 찍어 먹으며 어린 시절의 기억을 떠올린다.

이 쳐들고 내 등 뒤로 커다란 반원을 그리고 있었으니 생각할
겨를도 없었다. 방금 꼬마 아이에게 끔찍한 손찌검을 한 대머리
신사 양반을 향해 그대로 폭발해 버렸다.

그대로,
폭발했다.

코도,
입도,
아무것도 보이는 게 없었다.

붉은 피만 흥건했다.
그의 손가락 사이로, 그리고 그의 얼굴 전체에.
연이어 터져 나온 비명 소리.
돼지 멱 따는 소리.

오, 이게 무슨 난장판인지…….
게다가 갑작스런 내 행동과 번쩍 들어 올린 막대기 때문에 겁
을 먹은 당나귀가 먹을 것을 실은 채 카트만두*로 달음박질해
버렸다.

* 네팔의 수도로 아주 먼 곳을 의미

오, 젠장.

다들 내가 처음에는 그를 죽도록 때리더니, 그 다음에는 그가 의식을 차릴 수 있도록 더 세게 때린 것처럼 바라보았다. 착한 아이에게 여지없이 따귀를 날린 남자였는데.

"어때?" 나는 지난밤과는 완전히 다른 목소리로 말했다. "당신 도대체 무슨 짓을 했는지는 알아? 갑자기 한 대 얻어맞으니까 어떤지 알겠느냐고? 기분이 얼마나 엿 같은지 알겠지? 다시는 그러지 마! 다음 번엔 진짜로 죽여 버릴 테니."

그가 이를 덜덜 떨고 있으니 대답하기도 힘들 테고, 해서 내가 계속 얘기했다.

"걱정 마. 내가 알아서 사라져 줄 테니. 폭군 같은 네 면상을 더는 참아 줄 수 없거든. 그런데 떠나기 전에 마지막으로 한 가지만 경고하지, 얼간아. 어이, 날 좀 봐. 내 말 들려? 내 말 잘 들어. 너도 알다시피 내 친구……. (그러면서 나는 프랭크 쪽을 똑바로 바라보지 못했어.) (한 번에 모든 용기를 낼 수는 없는 거니까.) 그게 말이야. 프랭크는 게이고, 난 레즈비언이야. 정말이라니까. 그러니 매일 밤 우리가 비좁은 텐트 속에서 우리가 우리 몸을 가지고 낄낄대는데 누가 뭐래. 넌 상상도 못할걸. 내 친구가 가끔 나한테 대고 사정을 하거든. 그런데 어느 날 저녁, 술을 너무 마셔서 조준을 실패했다고 상상해 봐. 자, 게이와 레즈비언이 온갖 난잡한 짓들을 벌이다 실수로 아기가 태어났다고 상상해 보라고. 너 그거 알아? 우린 절대 너처럼 그 아이한테 손찌검하지는 않을 거야. 절대로. 내 말 들려? 절대 아이 마음을 아프게 하지 않을 거라고. 절대로, 절대로! 만일 아이가 우리를 너무 귀찮게 하고, 파르투즈*에도 못 가게 울면서 방해하면 그때는 너처럼 행동하느니 차라리 그냥 총으로 한 방에 해결해 버릴 거라고. 딱 한 번으로 깔끔하게 처리할 거라고. 네 아이들 머리에 대고 맹세하지. 우리 아이는 절대 고통을 느끼지 못할 거야. 맹세할 수 있다고. 자, 이제 안녕. 일행들 안녕! 밥들 잘 먹고……."

그리고 그의 발 밑에 가래침을 뱉고는 양치기 소년이 사라진 방향으로 걸어갔다. 나는 믿음, 생명, 빛, 진리 속에 있었으니까.

* 세 사람 이상이 벌이는 섹스 파티

☆

나는 내 앞으로 난 길을 몇 시간이고 마냥 걸어갔다.

예수의 산을 향해 똑바로.

단 한 번도 프랭크가 나를 따라오는지 보려고 뒤돌아보지 않았다.

그를 잘 알고 있었다. 그가 나를 따라올 거라는 걸.

내가 미워도 나를 따라올 거라는 걸.

그가 나를 미워하지만 그러면서 동시에 고마워한다는 것도.

그의 머릿속이 그야말로 뒤죽박죽일 거라는 것도.

왜냐하면 좀 전의 그 바보 같은 아빠와 자신의 아빠가 별반 다르지 않았으니까…….

어쩌면 둘 다 마피아 조직원이었는지도 모르지.

한 순간, 나는 까마득히 내려다보이는 산 정상에 우뚝 서서 옴짝달싹 할 수 없었다.

첫째, 길이 더 이상 없었고, 둘째, 등 뒤로 벌써 몇 시간째 아무 소리도 들리지 않았기 때문이었다.

그 어떤 미세한 소리도.

나는 그 자리에 서서 기다렸다. 석탄처럼 견고한 믿음도 좋지만 나는 광부가 아니라 플로리스트였다.

게다가 시인이 말하듯 사랑도 없었고.

사랑의 증거만 있을 뿐.

나는 꼼짝 하지 않고 서서 시계를 바라보았다.

20분이 지나도 그가 나타나지 않으면 피델리테에 있는 집을 정리하겠다고 마음먹었다.

때때로 잘난 척해도 소용이 없었다. 나 역시 연약한 아이였다.

젠장. 퓨즈가 나간 건 나만 아니라 그를 위해서이기도 했다구.

거짓말쟁이.

그래. 고백할게. 나를 위해서만 그랬다.

그래도 지금의 나를 위해서는 아니었다. 내가 어렸을 때 만난 어린 꼬마 소녀를 위해서였다.

　겨울 내내 퀴퀴한 냄새가 나도, 그 아이는 내 친구고, 우리 그룹에 들어와도 좋고, 반에서 내 옆에 앉아도 된다고 말할 기회를 한 번도 갖지 못했던 그 어린 꼬마를 위해서.

　언제나.

　언제까지나.

　좋아. 자. 이제 모든 건 다 끝났다.

　그녀는 사랑의 증거를 갖고 있다.

　19분 후에도 그가 나타나지 않으면, 피델리테에 있는 집을 정리하리라, 이를 꽉 깨물면서 중얼거렸다.

　정확하게 17분이 지났을 때, 등 뒤에서 침을 튀기며 욕설을 퍼붓는 그의 목소리가 들리는 것이었다.

　"어이, 너 그거 알아? 너 정말 밥맛이었어. 모리유 출신 같으니라구……. 너 정말 못돼 처먹었어!"

　나는 행복에 겨워 결국 울음을 터트리고 말았다.

　내 평생, 그렇게 아름다운 사랑의 고백을 들어본 적은 없었다.

　뒤를 돌아다보았다. 그러다 순간 어떻게 내가 그의 목에 매달렸는지, 어떻게 그의 두 팔에 뛰어들다가 그를 붙든 채 낭떠러지로 미끄러졌는지 기억이 나지 않았다.

우리는 돌들이 잔뜩 박힌 비탈 쪽으로 그대로 나뒹굴었다. 그렇게 아래쪽까지 굴러가다 가시덤불 한가운데로 처박혔다. 온몸이 찢겨져 나가는 듯했다.

나는 겨우 평평한 곳을 찾아 기어나왔다. 그러면서 우리는 서로를 향해 욕설을 퍼붓기 시작했다.

자, 꼬마별아, 이제 끝났어. 네가 우리를 생방송으로 다시 보고 싶으면 시즌 1의 첫 번째 에피소드로 돌아와 줘. 이제 더는 할 말이 없거든.

☆

히 히히.

프랭크가 나를 간지럼 태우는 꿈을 꾸고 있었다.

히히히, 그만……, 그만해…….

두 눈을 떴다가 이내 다시 잠들었다. 꿈이 아니라 당나귀가 내 주머니를 뒤지고 있었던 것이었다.

"새로 사귄 네 친구가 사과를 달라는데……."

팔이 여전히 불편했기 때문에 나는 엉거주춤하게 겨우 몸을 일으켰다. 옆에서 조용히 나를 바라보고 있는 그가 눈에 들어왔다. 그것도 바위에 앉아 커피를 준비하고 있는 그가.

"아침 식사 드시죠." 그가 말했다.

"프랭크? 어떻게 된 거야? 진짜 너 맞아? 너 죽지 않았어?"

"아니, 아직 안 죽었어……. 이번에도 성공하지 못했는걸."

"다친 데는?"

"있지. 발목이…… 그런 거 같아."

"그런데…… 퍼즐 조각이 잘 맞춰지지 않아. 그게…… 그런데…… 너…… 기절한 거 아니었어?"

"아니."

"그럼, 그럼 뭘 하고 있었는데?"

"잠자고 있었지."

완전 허풍쟁이네. 그 허풍쟁이 때문에 걱정한 걸 생각하면…….

그래……, 프랭크는 허풍쟁이…….

허풍쟁이…….

프랭크는 잠자고 있었고,

쉬고 있었고……,

드르렁거리며 코를 긁었던 것이다.

별이 빛나는 밤하늘 아래…….

내가 힘겹게 고통을 꾸역꾸역 주워 삼키고 있는 동안 그는 깊이 잠들어 있었던 것이다 .

그는 두려워했고,

그리고 나를 실망시켰다.

그가 기절한 척했을 때 내가 견뎌야 했던 그 불안감…… 밤
새 우리를 아름답게 치장하려고 얼마나 고생을 했는데…….
우리를 그럴 듯하게 선보이려고 얼마나 미친 듯이 날뛰었는
데……. 연민보다는 존경심을 느끼게 하려고 숨죽여 가며 얼마
나 노력했는데…….

그렇다. 어릴 때 갖고 놀았던 미카도 게임처럼 이렇게 실망
스러울 수가……. 어린 시절의 추억들 중 나를 어둠속으로 더
밀어 넣는 것 외에 아무 쓸모 없는 기억들은 건드리지 않고 오
직 내게 도움이 되는 기억들만을 되살리려고 얼마나 노력했는
데…….

오물을 가지고 멋진 레이스 작품을 만들려고 얼마나 노력을
했는데…….

이 모든 용기…….

이 모든 부드러움…….

이 모든 사랑…….

얼마나 추위에 떨었는데……. 얼마나 외롭고, 슬펐는데…….

별에게 그를 사랑해 달라고 얼마나 애원했는데……. 그리고…… 게다가 무엇보다 3615*번까지 호출했는데…….

얼마나 진저리가 났는지…….
정말로…… 정말로…… 정말로…….

"그런데 당나귀가 어떻게 여기까지 왔지?"
내가 물었다.
"나도 몰라. 눈을 뜨니까 그 자리에 있었어."
"어디로 왔을까?"
"저기 오솔길로."
"그런데…… 음…… 어떻게 우리를 찾았을까?"
"나한테 묻지 마. 너한테 집착하는 꽤 어리석은 당나귀가 또 하나 있는 것 같네."
"……."
"화났어?"
"그럼, 화났지. 바보 같으니! 얼마나 걱정했는데, 생각 좀 해 봐! 간밤에 한숨도 못 잤다구."
"그런 것 같네……."

* 여기서 숫자 3615는 프랑스의 미니텔 당시의 성인 전화방 대표 번호.

젠장, 그를 매섭게 쏘아 보았다. 커피는 무슨, 개한테나 던져
주라지.

"내가 미워?" 그가 물었다.
"……."
"많이 화났어?"
"……."
"정말 그런 거야?"
"……."
"나 때문에 걱정 많이 했구나?"
"……."
"내가 진짜 기절했다고 생각했어?"
"……."
"슬펐어?"
"……."
"많이 슬펐어?"
"……."
그래. 계속해. 바보 같으니라구. 왜 좀 더 날 무시해 보시지.

침묵.

그는 다리를 절룩거리며 다가와 내 옆에 작은 빵 조각과 김이 모락모락 나는 커피 한 잔을 놓았다.

나는 눈썹 하나 까딱하지 않았다.

그는 굽혀지지 않는 다리 한쪽으로 겨우 앉았다. 이어 아주 부드러운 목소리로 말했다.

"날 좀 봐."

젠장.

"빌리 진, 날 좀 봐"

좋아. 으으……으……. 나는 하늘을 향해 딱 3밀리미터만 고개를 들어 보였다.

"너도 잘 알잖아. 내가 널 무척 좋아한다는 거."

그는 내 눈을 똑바로 바라보며 중얼거리기 시작했다.

"내가 너를 이 세상 누구보다도 더 좋아한다는 거. 넌 아주 오래전부터 알고 있었잖아. 안 그래?"

"……."

"그래, 넌 너무 잘 알고 있지. 어쨌든 너도 어쩔 수 없었을 거야. 그런데 벌써 나흘째 날 잠도 자지 못하게 했잖아. 너 때문에 얼마나 지쳐 있었는지 알아? 완전히…… 죽을 만큼 피곤했어. 네 옆에서 눈 뜨고 있기가 너무 힘들었어. 그래서 조금 죽은 척한 거야. 이해해 줄 수 있지. 안 그래?"

"⋯⋯."

"자, 우리 아가씨, 이제 커피 좀 마셔요⋯⋯."

나는 눈물을 흘리고 있었다.

그가 내게 기어와서는 너무나도 부드럽게 쓰다듬어 주었다.
아침에 깨어났을 때처럼.

"나는⋯⋯ 나는⋯⋯ 네가⋯⋯ 네가 죽은 줄 알았잖아⋯⋯."
딸꾹질이 났다.

"그런 거 절대 아니야."

"나는, 나는, 네가, 네가 죽은 줄만 알았다고. 그리고 나도 죽
으려고 했다구⋯⋯."

"오, 빌리, 넌 정말 어쩔 수 없구나."

그가 한숨을 내쉬었다. "자. 이제 커피 좀 마시고 뭣 좀 먹어.
먼저 여기서 벗어나야지."

나는 눈물 잼으로 범벅된 빵 조각을 씹었다.

그러고 나서도 나는 계속 눈물을 흘렸다. 향료 빵은 너무 너
무 싫었다.

☆

우리는 있는 힘을 다해 다시 걷기 시작했다. 태양과 바람에 맞서 터벅터벅.

프랭크를 위해 나무 가지를 끈으로 묶어 버팀목을 만들어 주었다. 그는 휠체어에 지탱하듯 당나귀를 붙들고 걸었다.

우리가 당나귀를 끌고 가는 게 아니라, 하늘이 우리에게 점지해준 꼬마 당나귀가 우리를 집으로 데려다주고 있었다.

적어도 우리는 그러리라 기대했다.

집이든 그 어디든.

그 어디든, 조금 전 내게 혼쭐이 난 미스터 대머리에게만 데려가지 않는다면 어디라고 좋다.

안 그래, 당나귀야? 내게 설마 그런 짓은 하지 않겠지? 알았지?

제발······.

그건 아니지. 아니야. 당나귀가 대답했다. 너희들을 말구유로 데리고 가 줄게. 나도 너희들 바보짓은 이제 진절머리가 나니까.

좋아.

우리는 당나귀를 믿었어.

그리고 다리를 절룩거리며,

햇살 속으로,

바람 속으로.

(이 노랫가락*을 기억하고 있다면 기분이 훨씬 좋았을 텐데……)

어린 당나귀는 정말 예뻤다.

언젠가 더 예뻐해 주러 다시 와야지.

그리고 나는 더는 아무 말도 하지 않았다.

한 마디도.

절대로.

너무 감정이 복받치고, 너무 피곤하고, 너무 고통스럽고, 너무 화가 나서. 이 말은 꼭 해야겠어.

---

* 이브 몽땅의 노래 〈다리를 절며〉의 가사 일부이다. 어린 시절의 순수성을 잃고 아름다운 꿈도 사라지고 지금은 터벅터벅 패배의 인생을 걷는 쓸쓸한 심경을 노래했다.

프랭크는 두세 번 대화를 시도했지만 나는 못 들은 척했고, 그를 썩은 말똥더미처럼 내버려 두었다.

쳇, 나도 성녀는 아니었으니까.

밤새 그렇게 애타며 발을 동동 구르는 내게 한 마디쯤은 해 줄 수 있었을 텐데.

딱 한 마디라도.

그가 죽도록 원망스러웠다.

게다가 내 이야기엔 아무 관심도 없는 차가운 별들 앞에서 나는 완전히 바보가 되었다는 기분이 들었다.

눈물까지 흘렸는데…….

바보 멍청이…….

침묵.

햇빛 속에 침묵이 이어졌다. 시베리아 추위가 느껴졌다.

한 시간쯤 지났을까……. 나는 결국 무너지고 말았다.

전날 저녁부터 내내 나 혼자인 게 참을 수가 없었다. 너무 지쳐 있었다. 엉터리 동반자인 거지 같은 친구 때문에 죽도록 지루해지기 시작했다.

그래서 내가 입을 열었다.

"그런데, 좀 덥지 않아?"

그가 내게 미소 지어 보였다.

이어, 우리는 옛날 어렸을 때처럼 이런저런 얘기를 나누었다. 하지만 조금 전 내가 벌인 사건에 대해선 조금도 건드리지 않았다. 휴우, 됐어. 그건 잊었다……. 앞으로도 얼마든지 바보짓을 할 테니…….

잠시 후, 그가 물었다.

"왜 웃었어?"

"뭐라고?"

"내가 기절해서 네가 아주 절망하고 심하게 걱정하고 있다는 건 잘 알았는데, 갑자기 밤에 네가 웃는 소리가 들렸거든. 그것도 꽤 크게. 왜 그랬던 거야? 우리 피델리테의 아파트에서 뭘 가져 갈까 생각한 거 아니야?"

"아니. 내가 웃은 건……. 그게 아니라……. 우리가 연극을 끝냈을 때 우리 반 남자아이들 얼굴이 생각나서 그랬어……."

"어떤 연극?"

"뭐야, 너도 잘 알잖아……. 뭐세 거……."

"그래? 나는 네 발 아래서 죽어 가고 있는데, 너는 그 시간에 옛날 고리짝 학교 놈팡이들이나 생각하고 있었다고?"

"그게……. 그렇다고."

"뭐가 그렇다는 건데?"

"나도 몰라…… 그냥 생각이 났어……."

"그래?"

"응"

"넌 정말 웃기는 아이야. 안 그래?"

"……."

침묵.

"그런데 페르디캉이 끝에 가서 로제트와 결혼한 그 연극 얘기 좀 해줄래?"

이건 완전히 킹 패에 이어 퀸 패를 던진 격이다. 우리는 또다시 패를 돌리고 이야기 한 판을 벌린다.

우리의 농담놀이 중 제일 케케묵은 거였지만, 뭐 어때……. 그가 원한다면이야 까짓것…….

"아니, 그는 절대 결혼하지 않았을 거야."

"했을 거야."

"아니야."

"당연히 했을 거야."

"절대 안 했다니까. 그런 남자들은 거위 치는 여자들하고 결코 결혼하지 않아. 너야 음유시인 같은 낭만적인 아이니 그걸 믿고 싶겠지. 하지만 완전 잘못 짚었어. 난 로제트와 같은 빈민촌 출신이라 누구보다 잘 알아. 그런 놈은 마지막에 가서는 결국 후회하고는 파리로 돌아갔을 거야. 파리에 급히 처리할 일이 있다고 둘러대면서……. 그의 아버지도 절대 로제트와의 결혼을 허락할 리가 없지. 6천 에퀴나 걸린 문제니 말이야.

"했을 거야."

"아니라니까."

"했다니까, 그가 결혼했을 거라니까."

"뭐 하러?"

"아름다움을 위해."

"아름다움? 웃기지 말라 그래! 그는 그냥 로제트를 덮치고는 사생아와 그녀를 닭장 속에 집어던졌을 거야."

"넌 너무 냉소적이야……."

"맞아……."

"왜 그래?"

"왜냐하면 내가 너보다 인생이 뭔지 잘 아니까."

"오, 제발……. 그만……. 다시는 그렇게 말하지 마."
"그만할게."

침묵.

"빌리?"
"응?"
"나랑 결혼할래?"
"뭐라고?"
당나귀까지 그 자리에서 멈춰 섰다.
"나와 결혼하고 싶다고?"
세상에, 당나귀는 똥을 싸고 있었다!
"왜 그런 바보 같은 소리를 하는 건데?"
"농담 아니야. 태어나서 지금처럼 진지해 본 적 없어."
"그런데…… 음……."
"음…… 뭐?"
"우린 다르잖아."
"무슨 뜻이야?"
"잘 알면서 그래……."
"누구였더라? 그 여자애. 내게 진실한 사랑은 해부학적 생김

새하고는 아무 상관없는 거라고 말했던 애 말이야."

"몰라. 뭐, 늘 자기가 옳다고 생각하는 멍청한 여자애겠
지……."

"빌리……."

"왜?"

"우리 결혼하자……. 다들 자기네들 방식의 결혼관을 가지고
우릴 못살게 굴잖아. 모두를 위해 반항하자. 사람들의 편견이나
증오, 여러 감정에 저항하자. 왜 우리라고 그러지 말라는 법 있
어? 안 그래?"

빌어먹을……. 그 못된 놈이 정말 진지했다…….

"우리가 왜 다른 사람들처럼 결혼해야 하는 건데"

"왜냐하면 꽤 오래전 어느 날 밤의 일이라 기억할는지 모르
지만, 그날 밤 네가 나한테 너를 절대 혼자 내버려 두지 않겠다
고 약속하라고 했어. 그동안 내가 옆에 없어서 바보짓만 했다
면서 말이야. 그날 이후, 너와의 약속을 지키려고 많이 노력했
어……. 너도 알 거야……. 그런데 아직 내가 충분히 강하질 않
아. 네 뒤에서 조금만 뒤처져서 걸어가도 너는 어느새 풀려나
있는 거야. 앞으로는 네게 이런저런 구차한 문제들이 좀 덜 일
어나길 바라기 때문에 너하고 결혼하려는 거야. 아무에게도 우

리가 결혼했다는 얘기는 하지 않을 거야. 현재 우리의 삶의 방식이 달라지는 건 없어. 하지만 우리 둘만은 알지. 우리 둘 사이에 이런 특별한 관계가 존재하고, 앞으로도 영원히 존재할 거라는 거.

그날 밤을 기억하냐고?

그러니까 그 역시 잠만 잔 게 아니었다.

"그런데 너도 잘 알잖아. 내가 앞으로도 계속 바보짓을 할 거라는 거…….."

"아니, 그렇지 않을 거야. 적어도 결혼을 하면 어떻게든 네가 조금은 차분해질 거라고 감히 믿고 싶거든."

"어째서?"

"네게 온전히 속하는 작은 가족을 갖게 될 테니까."

침묵.

"그러니 빌리, 그렇게 하겠다고 대답해 줘. 다리가 너무 아파서 네 앞에 무릎을 꿇을 수가 없어. 내가 그러고 있다고 상상해……. 무릎 꿇은 내 모습을 떠올려 봐. 이 당나귀가 우리의 증인이야……. 벌써 십 년째 너와 여기까지 항해해 왔어. 이젠 정말 항구에 정착하고 싶어. 닻을 내리고 싶어."

"그런데 왜 나하고 결혼하려고 하는 건데?"

"왜냐하면 지금까지 만난 사람들 중에 네가 가장 아름다운 사람이고, 앞으로도 결코 다시는 너와 같은 사람을 만나지 못할 거라는 걸 잘 아니까. 그리고 내게 무슨 일이 생기면 사람들이 가장 먼저 너를 불러 주기를 원해."

"아? 정말? 그렇다면 좋아……."

나는 한숨을 내쉬었다.

"그저 전화 한 통이 문제라면 그렇게 해도 좋아. 나야 언제나 봉사할 준비가 되어 있으니……."

세상에, 꼬마별아, 네 깜짝 파티 정말 멋지다.

서두르지 마. 페포르스*를 단숨에 다 빨지 말고 천천히. 너무 우주적인 차원이라 감당하기 어려우니까.

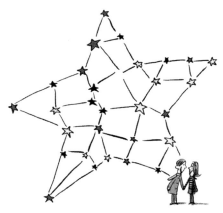

* 마약의 일종

침묵.

태양과 푸른 하늘 속에서 침묵이 이어졌다.

"또 뭐야? 왜 바보처럼 그렇게 웃는 거지?" 그는 비웃듯이 날 바라보았다.

"결혼 첫날밤을 생각하는 거야? 뭐야?"

하지만······ 흐흐흐······. 나는 바보처럼 웃지 않았다. 아주 만족스런 가냘픈 미소를 지어 보였다.

내가 틀리지 않았기에 미소 지었던 것이다.

틀리지 않았지······.

너무 황홀했다. 풋, 이번에도 내 생각이 옳았다. 멋진 이야기, 특히 사랑 이야기는 언제나 마지막에 노래와 춤, 탬버린 소리들이 울려 퍼지는 결혼식으로 끝나기 마련이지.

정말이라니까······.

랄랄랄라 다시 처음으로 랄랄랄라······.

『빌리』의 첫 장 '아웃사이더들을 위하여!' 라고 적힌 짧은 헌
사만으로도 짐작할 수 있듯, 이 소설은 상처 받고, 고통 속에서
세상을 등진 채 아웃사이더로 살아가는 두 젊은 남녀의 사랑과
우정을 이야기하고 있다. 그런데 처음 이야기 전개가 쉽지가 않
다. 여러 번, 첫 단락으로 되돌아가 다시 정독해야 했다. '젠장,
빌어먹을, 나가 뒈져, 창녀, 게이' 등의 낯뜨거운 욕설과 신랄하
고 냉소적인 신조어나 영어식 표현들 때문인지 이야기의 흐름
이 한눈에 들어오지 않았다. 안나 가발다만의 간결하고 담백한
문체에 길들여진 내게는 낯설기만 했다. 저자의 의도가 좀처럼
잡히질 않았다. 그러다 어느 순간, 그들만의 이야기에 빠져들면
서 모든 문이 단번에 활짝 열리는 것이었다.

늘 술에 취해 휘청거리며 언제 손찌검을 날릴지 모르는 아버
지와 매정한 새엄마 곁에서 하루하루를 견디는 빌리! 그녀가 한
살이 채 되기도 전에 우는 아기를 버리고 집을 나가 버린 엄마
는 잊은 지 오래다. 빈민가 출신이라는 걸 감추려고 매일 집에

서 2킬로미터나 떨어진 다음 정류장까지 걸어가 버스를 타고 등교하는 그녀에게, 세상은 배수구조차 없는 시궁창일 뿐이다. 그리고 하루도 빠짐없이 항우울제를 복용하는 엄마와 모든 것을 돈으로 해결하려는 권위주의적인 아버지 사이에 짓눌려 자신이 동성애자라는 사실을 숨기고 살아야 하는 프랭크. 그들은 각자의 삶에 1밀리그램의 고통도 더 짊어지고 싶지 않았기에, 오랜 기간 서로를 알아보고도 외면한다.

그러다 문학 수업에서 알프레드 뮈세의 희곡 〈사랑을 가지고 장난치지 마세요〉 공연을 맡게 되면서 급격히 가까워진다. 부활절 방학 내내, 어두운 공동묘지 지하실과 다정한 프랭크 할머니 집을 오가며 연극 연습을 하면서 프랭크가 보여 준 따뜻하고 섬세한 마음, 타인을 향한 존중과 배려가 피폐해진 빌리의 마음을 조금씩 녹여 주었던 것이다. 희곡 속 주인공, 페르디캉과 카미유의 대사를 빌어 그들은 자신들의 억눌린 마음을 표출하는 법을 조금씩 터득할 수 있었다.

안나 가발다는 여기에서 또 하나의 메시지를 전달하고 있다. 연극이, 아니 더 나아가 문학과 예술이 어떻게 상처받은 청소년들을 치유해 줄 수 있는지를 말하고 있는 것이다. 희곡 대부분이 현대 언어 감각으로 풀어 놓았기 때문에 카미유와 페르디캉의 세계관이 종종 빌리와 프랭크의 삶과 오버랩 될 정도였다.

『빌리』는 이렇듯 사회에서 소외된 두 마리의 미운 오리 새끼가 서로의 아픔을 알아보고, 상처를 핥아 주고, 손 붙들어 일으켜 주면서 서서히 눈부신 백조로 변해 가는 과정을 그려 낸 한 편의 아름다운 성장 소설이라고 할 수 있다.

소설의 첫 장면은 산악 지방 트레킹 도중 길을 잃고 발에 부상을 당해 의식이 희미해져 가는 프랭크를 품에 안은 채, 밤하늘의 샛별을 바라보며 무사히 구조될 수 있도록 해달라고 애원하는 빌리의 독백으로 시작된다.

그녀는 그렇게 지나온 시간들을 돌아보며 혼잣말로 중얼거린다. 첫 만남부터 어떻게 마음을 열고 다가가 서로에게 삶의 의미, 존재의 의미 자체가 되어 주었는지, 그리고 그 후에도 지옥처럼 끔찍한 삶의 구렁텅이에서 헤어나지 못한 채 술과 매춘에 절어 살면서 정신적·육체적 방황을 해왔는지를. 부조리한 세상을 향해 치밀어 오르는 분노를 담은 온갖 욕설에도 불구하고, 빌리가 작은 별과 나누는 자신과의 대화는 느린 걸음으로 나아가는 자가 치유의 과정이었기에 더없이 아름다웠다.

무엇보다 소설 전반에 걸쳐 이야기를 끌고 가는 안나 가발다만의 독특한 독백 방식이 돋보이는 작품이다. 작가는 사건 자체의 전개보다 등장인물들의 내면에 깊이 파고들어, 부조리와 편견이 가득한 사회에서 고통받는 '아웃사이더들'의 심리를 놀라울 정도로 세밀하게 묘사해 낸다. 때로는 시적 감수성이 가득한 정제된 언어로, 때로는 거침없이 내뱉는 속어로 그들과의 소통을 시도한다.

이 책을 읽는 내내 독자들은 아마도 상처받고 버림받은 두 주인공을 향한 작가의 한없는 애정과 연민을 느낄 수 있을 것이다. 그러면서 동시에 그들의 아픔을 토닥거려 주고 싶어질 것이다. 정신분석학자인 크리스토프 앙드레의 말대로 저자는 넓은 의미의 사회적 화해를 시도한 것이 아닐까.

끝으로 작가의 인터뷰를 인용해 보자. "이 책에서 가장 마음에 드는 건 내가 아주 힘들고 고통스런 이야기를 했는데도 이 책을 다 읽고 덮을 때면 왠지 마음 저 깊은 곳에서 알 수 없는 용기가 생기는 것 같다는 점이다." 한 가지 바람이 있다면, 여전히 고통받는 우리 사회의 수많은 빌리와 프랭크들에게 『빌리』가 따뜻한 위로가 되었으면 좋겠다.